名短篇ほりだしもの

北村 薫
宮部みゆき 編

筑摩書房

目次

第三部

名短篇ほりだしもの

第一部

だめに向かって

宮沢章夫

宮沢章夫《みやざわあきお》

一九五六—

静岡県生まれ。劇作家、演出家、作家。「遊園地再生事業団」主宰。多摩美術大学中退。戯曲『ヒネミ』で岸田戯曲賞を、『時間のかかる読書』で伊藤整文学賞を受賞。著書は戯曲『14歳の国』、小説『サーチエンジン・システムクラッシュ』『不在』、エッセイ『わからなくなってきました』『茫然とする技術』『牛乳の作法』『アップルの人』、評論『チェーホフの戦争』『東京大学「ノイズ文化論」講義』など多数。

私は「だめ人間」に憧《あこが》れる。

人は多かれ少なかれ、誰でも一様に、「だめ人間的なるもの」を内包しているもので、「いや、おれは、しっかり者だよ」などと考えるのは勘違いもはなはだしい。ある者は、電話の応対がちゃんと出来ないだめ人間であり、また別の者は、目的の場所に行こうとしても必ず道に迷うことにおいてだめ人間である。しかし、私が憧れる「だめ人間」はその程度のだめではない。

だめをきわめれば、そこに聖性が出現する。

もう、だめでだめでどうしようもない、あー、だめだ、もうほんとにだめだといった果てにたどりつくそれは、凡人の市民生活とはまったく無縁のものだ。家に帰れば暖かい風呂《ふろ》があり、湯船につかって幸福を感じるような小市民に、「だめ人間」の聖性など想像もおよばないだろう。ではいったい、「真のだめ人間」とは何か。

よく知られているだめ人間といえば、誰もがまっさきに思い浮かべるのは、太宰治ではないか。「だめ人間」のモデルとして太宰は有名だが、同時に私たちが思い浮かべるのは、三島由紀夫《ゆきお》が太宰の文学をひどく嫌悪《けんお》していたことだ。

三島由紀夫は、日記体で書かれた『小説家の休暇』というエッセイの中で、太宰について次のように書いている。

「太宰のもっていた性格的欠陥は、少くともその半分が、冷水摩擦や器械体操や規則的な生活で治される筈《はず》だった」

はじめてこれを読んだとき、私はしばらく、茫然《ぼうぜん》とした気持ちになった。さらに、「治りたがらない病人などには本当の病人の資格がない」と書かれ、すいませんと頭をさげるしかないが、ここには、「だめ人間」に対する近代人としての正しい認識がある。それゆえ、三島が、「私が太宰治の文学に対して抱いている嫌悪は、一種猛烈なものだ」と書くのも無理はなかった。さらに、それに続けて三島は書く。

「第一私はこの人の顔がきらいだ」

といきなりこうきた。さらに、

「女と心中したりする小説家は、もうすこし厳粛な風貌《ふうぼう》をしていなければならない」

普通に読めば、太宰を完全に否定した言葉と解釈されるが、逆から考えれば、「だからこそ、真のだめ人間だ」と讃《たた》える言葉に感じる。そうか、あれが「だめ人間」の顔なのか。

だめ的なるものを求めて、私は二十数年ぶりに、『人間失格』を読んだ。『人間失格』は大半が主人公による手記の形によってつづられている。そして、作品の半ば、銀座のカフェに勤めるツネ子と心中するが自分だけ助かり生き残ったことを主人公はこう記した。

「死んだツネ子が恋いしく、めそめそ泣いてばかりいました。本当に、いままでのひとの中で、あの貧乏くさいツネ子だけを、すきだったのですから」

事の成りゆきも、そして言葉も、そこにだめ人間の出現を感じさせ、「お、だめ人間登場」と思わず口にしたくなるが、問題はそのすぐあとの一節だ。入院中のことを彼はこうも書く。

「看護婦たちが陽気に笑いながら遊びに来て、自分の手をきゅっと握って帰る看護婦もいました」

さっきまで泣いてたやつが、そんなことをわざわざ手記に書くなよと私は言いたい。ここにいたって初めて私は、「だめ」の一面を見たように思えた。

では、芥川龍之介《あくたがわりゅうのすけ》はどうなのか。

自殺した小説家として芥川も忘れてはならないが、芥川の場合、太宰とはかなり事情が異なる。女と心中したのでもなければ、玉川上水に入水《じゆすい》したのでもない。この二点をとっても、芥川の分は悪い。自殺すれば自動的に、「だめ人間」になれるほど、「だめ人間」は甘くないが、晩年の作品、『歯車』を読むと、そこになにか不気味なものを感じる。

だめの気配がかすかに漂っているのだ。

『歯車』は、自殺を決意した彼による、その意識の状態を描いた短編である。視界の縁に回転する歯車が現れる。ひどい頭痛に悩まされる。結婚式のパーティで出された料理の中に彼の目には蛆虫《うじむし》が見えもする。どうにも病的な印象は拭《ぬぐ》えないが、ただ一箇所、まったく理解できない不思議な言葉を発見した。往来を歩いている主人公の「僕」が、不意に次のように感じる。「暫《しば》らく歩いているうちに痔《じ》の痛みを感じ出した。それは僕には坐浴《ざよく》より外に癒《なお》すことの出来ない痛みだった」。これだけでもかなりあれだが、問題はその先だ。いきなり「僕」はつぶやくのだった。

「『坐浴、――ベエトオヴェンもやはり坐浴をしていた。……』」

何をつぶやいているんだこの男は。これもやはり、「だめ」の一種なのだろうか。ちょっと判断しかねるところが、芥川の芥川たるゆえんかもしれないが、そこへゆくと、坂口安吾《あんご》はたいへんにわかりやすい。彼のエッセイのひとつだ。タイトルを一目見て、そこに、にじみ出るようなだめを感じた。

『僕はもう治っている』

いきなりこうだ。この野放図な言葉の雰囲気はなんだろう。治っているなどと大っぴらに言うやつほど、じつは治っていないのではないか。神経衰弱と催眠剤による中毒で東大付属病院の神経科に入院しているとき、病室から読売新聞に寄稿したエッセイである。

「ボクはもう治っている。去年の今ごろと同じように元気で、毎日後楽園で野球を見ているが、ボクはさらに、二十年前の若いころの健康をとりもどすためにもうちょっと入院するつもりでいる。秋までには長編小説を書き終り、それがすんだら縦横無尽に書きまくるつもりである」

こうして、「ボクはもう治っている」と書き、「縦横無尽に書きまくるつもりだ」と書き、なんか、やたら威勢がいいが、威勢がいいだけに、まだだめなんじゃないのかと人に心配させる響きがこの言葉にはある。そのなんとも心配な雰囲気が、「だめ人間」のまた別の側面だ。

「だめ人間」の奥は深い。

それで思い出すのが、明治から大正期に活躍した作家、岩野泡鳴だ。『泡鳴五部作』の、たとえば『放浪』には、そのだめぶりが、見事に描かれている。

泡鳴を思わせる主人公は、樺太《からふと》で事業に失敗し札幌に住む知人の世話になる。そのあいだ、東京に残した妻が別の男と通じているのではないかと心配するが、また裏腹に、別に作った愛人から手紙の返事がないと苦悩する。いちいちくだらないことで苦悩するのが、読む者にいやでもだめを印象づける。もうそんな女とは切れればいいじゃないかと忠告する友人に答え、

「そりゃア、それッ切り、いくら手紙で事情を云《い》ってやっても、向うからの便りがないのだから、僕もさッぱりして、思い残りがなくなったわけだが、どうせ僕には女が入用だから、矢ッ張り気心の分ったものをつづけている方がいいから、ねえ。」

などと言う。「いいから、ねえ」じゃないだろうと私は思う。だいたい、作家のくせに事業に手を出すのもどうかと思うし、「おれは宇宙の帝王だ！」と人前で演説するのも考えもので、坂口安吾の、「縦横無尽に書きまくるつもりだ」に似て、そういった種類のだめを感じさせる。岩野泡鳴がどういった人物なのか調べたところ、当時、彼が人々から次のように呼ばれていたことを知って私は胸が熱くなった。

「偉大なる馬鹿《ばか》」

これはもう、「だめ人間」以外の何者でもないではないか。岩野泡鳴おそるべしだ。私は、「だめ人間」に憧れる。けれど道は遠い。だめの果てに現れる聖性は、なお遠い場所にある。

探さないでください

宮沢章夫

いまどき流行《はや》らない気はするが、「ダイイング・メッセージ」というやつがある。殺された男のそばに、死ぬ間際《まぎわ》、彼が書いたのであろう言葉が残されている。

「A」

と、たった一文字、指に付着した血で書き残されていた。そこに謎《なぞ》が秘められ、犯人の頭文字ではないかと探偵は推理する。そして、たいていこうした場合、登場人物の大半が、「A」で始まる名前だ。赤塚、赤城《あかぎ》、芦田《あしだ》、荒井、有川、天野、青木、なかには、「アラスカ」というわけのわからない外国人も登場するかもしれないし、ただ、「蟻《あり》」という不自然な名前の者もいたりして、捜査はいよいよ混乱する。まあ、だからこそ謎なのだろう。あるいは、頭文字が「A」の人物がたった一人しかいないケースだ。あきらかに彼が犯人だと周囲は推測するが、犯人らしい人物が犯人ではないのもまた、「謎」のひとつである。こうして、多様な謎が仕掛けられることによって、物語の趣向は深まるが、だからといって、次のような言葉は、そもそも何かが間違っている。

「私は死にました」

そんなことは言われなくても、見ればわかるのである。だがもしかすると、この一言のなかに謎が潜んでいるかもしれないとすれば、ことはいよいよ複雑だ。また、複雑にも、ほどがあると考えられるのは、やけに饒舌《じょうぜつ》なダイイング・メッセージがあった場合、ちょっとまずいんじゃないかと思うからで、あんまり饒舌では現場でそれを読むほうとしても、どう考えていいか困るのだった。

「犯人は、私のよく知っている男で、中肉中背、髪はやや薄く、髭《ひげ》は伸ばしていないものの、あまり几帳面《きちょうめん》ではないので、無精髭が伸びている場合もあり、かといって、シャツだけは毎日、きちんとアイロンがかかっているのは、奥さんがしっかり者なのであって、けっして彼が、服装に神経質だというわけではないし、じゃあ、いったいそれは誰かと言えば、皆さんもよくご存じの」

と、やけに饒舌だったにも拘《かかわ》らず、唐突にここで終わる。謎だけはしっかり残す。謎だけ残されてもねえ、と誰もが考え、そして、誰もが感じただろう。

「こんなやつは、死んでよかったんだ」

ともあれ、こうしたことには、「メッセージを伝える」ことの、二つの側面が描かれている。

ひとつは、メッセージを発する側の「伝達の困難」であり、もうひとつは、困難よりよほど奇妙な、受けとめる者の、「一を聞いて十を知る」という側面だ。「ダイイング・メッセージ」には、「死に瀕《ひん》している者は的確な伝達ができない」という前提がある。だがそうであればなおさら、「うん、わかった」と、なぜか受けとめる側は、小さな手がかりからすべてを理解してしまうのだ。

ある大きな事件のさなか、その言葉はつぶやかれた。

「ユダにやられた……」

事件の渦中《かちゅう》の人物が包丁で刺され、救急車で運ばれる途中、口にしたという有名な言葉だ。それには、「ユダではない、ユダに似た、ある三文字の言葉だ」という、刺された人物に近い別の人物の証言もあって、謎はいっそう深まった。いずれにしても、「死に瀕している者は的確な伝達ができない」という前提がここにも存在し、なおかつ、「ユダ」という言葉から、ものの見事に「十」を知ってしまう前提もある。「ユダではない、ユダに似た、ある三文字の言葉だ」と反論した者もまた、「ユダ」という言葉の意味を前提に反論したのだろう。では、それが、次のような言葉だったとしたらどうか。

「ドンヒャ」

いよいよ謎は深まるが、この謎は、意味がかなり違うのではないか。なんなんだそれはと思わずにいられないが、それを聞いた者の一部は、やはり、「一を聞いて十を知る」のではないか。

「なるほどな、ドンヒャか」

と、何を納得したのかよくわからない。そして推測するだろう。

「ドンヒャッタ・ドンヒャカだ」

だが、それに反論する者もいる。「いやちがう、だいたい、ドンヒャッタ・ドンヒャカってなんだ。これの意味は、俺だけが知っている」と周囲を見回して、反論する者はじらすように一呼吸おいて答えるだろう。

「ドンヒャラ君」

どちらも大差はないのである。

程度の差こそあれ、的確な伝達が難しいのは、「死に瀕した者」ばかりではない。

たとえば、深夜、なにか物音に気がついて目を覚まし、それでようやく家が燃えているのに気がついた。あわてて消防署に電話するが、ことの次第をうまく言葉にできるかとなると疑問である。

「あの、もしもし、いま、うちがね、ちょっと、ほら、ぼーぼーって、ぼーぼーって感じで、なんか火がね、ぼーぼーぼーぼーぼーって」

ぼーぼーばかり言っていると、何だかばかに感じるが、彼はどうやら、「火事」という言葉を忘れてしまったのである。まさかそんなことはあるまいと思うかもしれないが、ないとは言い切れない。火事にあわてた人間が、大事な物を持ちだそうとして気が動転し、座布団《ざぶとん》を持って逃げたという話はよく聞く。ひどくあわてた人間がどういう状態になるかは簡単には想像できない。そしてこうした場合、言葉は、「擬音」で表現される傾向が強いらしく、

「どっかんどっかんきちゃってね、もう、すごくてさあ、どっかんどっかんあれなんだよ」

となって、これでは伝達しようとする意志すら疑わしいものの、このことから次のようにまとめることが可能だ。

「人はあわてると、どっかんどっかんだの、ぼーぼーだのと、音を繰り返す」

それでも、私たちは、「一を聞いて十を知る」のだ。その場合、「気持ちだけはわかる」という理解の仕方をするので、ほかにも、洪水の最中に、「ざっぱんざっぱんて

きてね、土手がさあ、どっかんどっかんさあ」とか、「ばっこんばっこんってさあ、屋根がさ、ずわーずわーっと宙にね」といった奇妙な言葉で説明されても、どういうものか、おおよその事態が理解できるから不思議だ。

「火事ですね」と電話を受けた消防署の男は言った。

「ああ、火事か、そうだそうだ、たしかそんなふうなものだった。ああ、これ、火事かよ。まずいよ」

伝達には困難がつきまとい、そして、人はやはり、「一を聞いて十を知る」のである。

また、「書き置き」はどうだろう。たとえば、家に帰ると、母親の文字で次のようなメモが、食卓に置かれていた。

「探さないでください」

この言葉は、家出した人間のスタンダードなメッセージであると同時に、もっとも的確に家出を表現した名作だと思う。

「ちょっと、行くから」

という言葉だったらどうか。これでは読む側も困ると思う。スーパーに買い物にでも行ったのかなと思ってもおかしくない。伝える側も、家出のことをどう表現したらいいかわからず、思わず書いてしまったのだ。ほかにも、「出ます」とか、「いろいろあれですけど」とか、「なんか、あれなんで」といった言葉でもかなりまずい。

「探さないでください」

ここには様々なメッセージが重層的に込められているので、よりいっそう受けとめる側は、この端的な言葉から、様々なドラマを受けとめるのだった。

ならば、次のような「書き置き」はどうだ。

「関東極道連合参上」

たいていこういうものは壁にスプレーペンキで書かれていたりする。このことからわかるのはいったいなんだろう。「関東極道連合」がここに来たということだろうか。だとしたら、「あー、そうですか」としか言いようがないではないか。だが、「一を聞いて十を知る」者は、ただそれだけのことを知るのではない。

「これを書いた人たちは、ことによると、ばかなのではないか」

人は、「一を聞いて十を知る」のである。その意識の作用は複雑だが、複雑であればあるほど、なにか豊かさを私は感じる。

「吹いていく風のバラッド」より

片岡義男

片岡義男《かたおかよしお》

一九四〇―

東京生まれ。作家。早稲田大学法学部卒業。一九七四年「白い波の荒野へ」で小説家デビュー。エッセイ、コラム、翻訳、評論、写真など多分野で活躍。『スローなブギにしてくれ』『メイン・テーマ』『ミス・リグビーの幸福』『夏と少年の短篇』『日本語の外へ』他、著書多数。

12

昔からあるこの街道は、いまは県道だ。県道に沿って、さびれた宿場町が、いくつかある。どの宿場町も、街道とおなじくらい古い。

バイパスが完成してから、この県道の交通量は大幅に落ちた。どの町も、おかげで静かになった。長いあいだトラックのディーゼル排気を浴びつづけた宿場町の家なみの、くすんだたたずまいだけが、あとに残った。

この町も、そんな宿場町のひとつだ。

十月十三日、薄曇りの日だ。風がまったくない。温かくも肌寒《はださむ》くもない。秋はすでに始まっているが、たけなわではない。中間的な季節の、あいまいなお天気の日だ。

県道を西に向かって町を出はずれたあたりだ。ここからさらに西へ、自動車で五分も走ると、一級河川がある。

その河のほうから、一台のオートバイが走って来た。2気筒の重量車だ。秋の薄曇りのなかにじっとしているくすんだ町なみに、乾いた粘りのある排気音が奇妙に似合った。

オートバイは徐行した。ライダーは、若い男性だった。黒皮のライディング・ジャンパーと手袋、気泡型《きほうがた》シールドのついたヘルメットに身をかためているが、体のラインやぜんたい的な雰囲気《ふんいき》から、青年だということはすぐにわかった。

県道に面して、一軒の食堂があった。古い木造の平屋建てで、めし処、と染め抜いた暖簾が、軒の下に出ていた。

徐行して来たオートバイは、その食堂の前でUターンをした。食堂の斜め前にオートバイを停め、ライダーは左足でサイドスタンドを出し、エンジンを停止させた。

オートバイを降りたライダーは、手袋をとった。ヘルメットについている気泡型のシールドを上げ、食堂へ歩いた。暖簾をヘルメットでかき分け、格子のガラス戸を開いてなかに入った。

食堂に客はいなかった。給仕のおばさんがひとり、テーブルに片肘をつき、テレビを見ていた。テレビは、壁の高いところにつけた台に乗せてあった。

「いらっしゃいませ」

言いながら、おばさんは、立ち上がった。そして、若いライダーに向きなおった。

「あのね」

と、ライダーが言った。

「はい」

「ご飯ちょうだい」

「ご飯？」

「白いご飯だけ。アルミ・フォイルにくるんで。大盛り一杯分」

「ご飯だけね。はい」

おばさんは、調理場へ歩いていこうとした。

「それから」

という青年の声に立ちどまり、不思議そうな表情で彼の顔を見た。

「福神《ふくじん》漬けをスプーンに一杯分」

「福神漬け」

「ええ」

「ご飯といっしょにしていいのね」

青年は、うなずいた。おばさんは調理場に入っていった。青年ひとりになった。テレビは、午後の退屈なドラマを放映していた。

おばさんは、すぐに出て来た。白いご飯をなにかの塊りのようにアルミ・フォイルにくるんだものを、片手に持っていた。

「三十円」

青年は、ブルージーンズのポケットから硬貨を取り出し、代金を払った。

食堂の外に出てオートバイまで歩いた青年は、リア・シートからフェンダーの上にかけて横たえてくくりつけてあるダッフル・バッグのジパーを開き、プラスチック製の断熱容器を取り出した。蓋を開け、アルミ・フォイルにくるんだままのご飯を、そのなかに押しこんだ。容器を、ダッフル・バッグのなかに戻した。

オートバイにまたがり、シールドをおろして手袋をつけ、キック・ペダルを踏んでエンジンを始動させた。河のほうに向かって、オートバイは、走り去った。

河まで走って来て、青年は、橋のたもとにオートバイを停めた。エンジンを止め、手袋をとってブルージーンズの尻《しり》ポケットに押し込んだ。ヘルメットを脱ぎ、ミラーにかけた。

ダッフル・バッグのなかからご飯の入った容器とスプーンを取り出した彼は、オートバイの右側にまわった。やけどをしそうなほどに熱いオイル・タンクに、インスタント・カレーの袋が、ガム・テープで貼《は》りつけてあった。その袋を、スプーンの柄を使って、はがし取った。

青年は、草の生えた川岸のスロープを降りた。コンクリートの護岸壁の手前まで降りていき、草のうえに腰を降ろした。

ご飯の入った容器の蓋を開け、アルミ・フォイルを開いた。インスタント・カレーの袋を切り開き、熱いカレーをご飯の上にまんべんなくかけた。

スプーンで混ぜ合わせ、大きくすくい取り、ふうっと一度だけ吹き、口のなかに入れた。カレーの香りとご飯の湯気が、彼の口のなかいっぱいに広がった。

16

壁に向けて置いてある小さなライティング・デスクの椅子に、彼女は腰を降ろした。持って来たメンソール煙草をパッケージから一本抜き出し、ライターで火をつけた。煙を吸い込むとき、ほっそりした彼女の顔の、両頰に、魅力的なくぼみが出来た。長くて白い指に煙草を取り、唇をすぼめて彼女は煙を吐き出した。彼女から少し離れたところに、板張りのサン・デッキに出ていく大きなガラス戸があった。

そのガラス戸のさらに向うに、階下に通じる階段があった。彼女の夫が、その階段を上がって来た。夫は、新聞を持っていた。

ガラス戸まで歩いて来た夫に、彼女は、

「ねえ」

と、言った。

夫は、足を止めた。

「なんだい」

「灰皿、取って」

夫は、首を左右に振った。

「灰皿くらい自分で取れ」

と、彼は、彼女の背後を指さした。

彼女から見て夫がいるガラス戸までの距離とほぼおなじくらい離れた背後に、低いテーブルをかこんでソファが置いてあるスペースがあった。灰皿は、そのテーブルに載っていた。

新聞を持った夫は、朝の陽がいちめんに射しているサン・デッキに出ていった。

彼女は、立ち上がった。ソファに囲まれたテーブルまで歩いていき、煙草をそのテーブルの上の灰皿に置いた。

そして、夫の書斎に向けて、歩いた。

書斎に入った彼女は、夫のデスクの、左側のいちばん下の引出しを、開けた。引出しのなかには、リヴォルヴァーが一丁と弾丸の小箱が入っていた。その両方を、彼女は取り出した。

リヴォルヴァーは、コルト社製の・45口径だった。シングル・アクション・アーミーの、シヴィリアン・モデルだ。

弾丸の小箱を開き、きれいに光っている弾丸を三発、彼女は指先でつまみ出した。ハンマーをハーフ・コックにし、メイン・フレームの右側についているローディング・ゲートを開いた。リヴォルヴァーを持った左手の指でシリンダーを回転させつつ、右手の指で彼女は弾丸を込めた。

三発の弾丸を込め終ると、ローディング・ゲートを閉じた。シリンダーを回転させ、撃発の位置に初弾を合わせた。そして、ハンマーをフル・コックに起こした。

・45口径のリヴォルヴァーを右手に持ち、彼女は書斎を出た。ソファのわきをとおり、壁に寄せたライティング・デスクの前を歩いた。ガラス戸まで歩き、サン・デッキに出た。

明かるい陽射しのなかに、彼女は、すっきりと立った。きれいにバランスのとれた、無駄な肉のない、ひきしまった体だ。金髪が、陽射しに輝いた。

サン・デッキの中央に、夫はいた。カンヴァスのデッキ・チェアに腰を降ろし、テーブルに両脚を上げ、新聞を読んでいた。両手で広げて持った新聞の向うに、彼の腹から頭まで、完全に隠れていた。

右腕を、彼女は腰骨の位置まで、上げた。両脚を開きぎみにスタンスを取り、腰だめで夫を狙い、引金を絞った。

銃声が轟き、弾丸は発射された。

夫が両手で持っている新聞のまんなかをぶち抜いた弾丸は、彼の喉仏にめり込み、首の骨をめちゃくちゃにした。

右手の指で引金をいっぱいに絞ったまま、彼女は左手の掌でハンマーを起こした。シリンダーが回転した。ハンマーから、掌を離した。ハンマーは落ち、第二弾が発射された。この弾丸も新聞を引き裂き、被弾の衝撃でのけぞった夫の胸に飛び込んだ。

第三弾を、彼女は、おなじようにして射った。デッキ・チェアごと倒れようとする夫の肩先の肉を、その弾丸は、吹き飛ばした。

彼女は、部屋に入った。ソファのあるところまで歩いていき、灰皿にさきほど置いた煙草を、左手の指先につまんだ。唇へ持っていき、煙を吸いこんだ。

煙を吐き出しながら、彼女は、灰皿に手をのばした。人さし指の指先で、煙草を軽く叩いた。煙草の先端から、灰が、灰皿のなかに落ちた。

第二部

日曜日のホテルの電話

中村正常

中村正常《なかむらまさつね》

一九〇一―一九八一

東京生まれ。劇作家、小説家。中村メイコの父。七高にまなび、岸田國士に師事した。一九二九年戯曲『マカロニ』で注目される。翌年新興芸術倶楽部に参加し、「ボア吉の求婚」「隕石の寝床」などのナンセンスユーモア作品を発表、新興芸術派の代表的作家となる。のち文壇をはなれた。

ペイ吉《きち》、英語の先生。

プイコはその生徒。

ほかにプイコの母とプイコの妹たち。

それとホテルの交換手。

ペイ吉はホテルの一ばん高いてっぺんの狭い部屋にいて、午後一時、いま目をさましたところだ。そこで卓上電話の受話機をはずして――これから電話をかけるところだ。この対話風の物語は、つまり、電話機を通して、ペイ吉が口で電話機に話し、耳で受話機からきいた、その会話――もう少し余計なことをいえば、これはのこらずエジソン翁の発明（？）と電気のおかげである。こういうのを近代メカニズムの文学であると誰かはいうのであろうか、僕は勿論責任はもたない。

1

ペイ吉　（受話機をはずす。耳にあてたまま、平気であくびをしている）ア、ア、ア。
ホテルの交換手　ハイ、ハイ、ハイ。
ペイ吉　そこでハイハイ返事をしているのは誰ですか。
ホテルの交換手　何番におつなぎいたしますか。
ペイ吉　ムシムシ。
ホテルの交換手　何番におつなぎいたしますか。
ペイ吉　ムシムシにどうぞ。
ホテルの交換手　わかりませんわ。
ペイ吉　ムっていうのは六なんですシっていうのは四なんですムシムシっていうのはロクヨンロクヨンの事なんです。
ホテルの交換手　わかりませんわ。
ペイ吉　ロクヨンロクヨンっていうのは、六千四百六十四番のことなんです。こんどはいかがでございましょう。

ホテルの交換手　局はどこでございますか。
ペイ吉　大森です。
ホテルの交換手　大森の六千四百六十四番でございますね。
ペイ吉　アアよくわかりましたね。
ホテルの交換手　あなたのお部屋の番号は何番ですか。
ペイ吉　八階の、エレベーターをおりて、廊下をまっすぐに行って、便所に曲り角の、
　——僕はこの部屋はきらいです。
ホテルの交換手　あとで、ひまんなったら、かたき打ちはきっといたしますわ。
ペイ吉　八階の八百十八号ですよ。
ホテルの交換手　さよですか。
ペイ吉　電話料を三銭とるのに、つけとくんですか。
ホテルの交換手　あとで御職業を調べます。
ペイ吉　僕は弁護士です。——ひげがはえてると思いますか。どう思います。
ホテルの交換手　おつむも、禿《は》げてらっしゃるじゃないの。
ペイ吉　けしからんですな。知ってるんですか。
ホテルの交換手　——奥さまはどう遊ばしまして。

ペイ吉　あれは細君ではないらしいです。芸者が化けてるんでしょ。
ホテルの交換手　御自分の奥さまのことですよ。
ペイ吉　それではちょいと云いますが、僕はそのとなりの部屋にいる青年ですよ。頭なんか禿げてはいません。ひげもはえてはおりません。
ホテルの交換手　あらま。
ペイ吉　となりの部屋では、昨夜、夜じゅう、泣いたり騒いだりしていて、僕はずいぶん困りました。電話料はとなりの弁護士につけといて下さい。
ホテルの交換手　承知いたしました。これは内証ですわ。
ペイ吉　僕はあなたが大好きです。——ところで大森の六四六四はどうなりました。
ホテルの交換手　まだかけません。
ペイ吉　忘れたんですか。
ホテルの交換手　もう少し、私に黙らしておいて下さらないと、私に口は一つしかございませんわ。
ペイ吉　貴嬢《あなた》はおしゃべりはすきですか。
ホテルの交換手　いま、監督が玉突に行ってるんですわ。
ペイ吉　今日、夕方、散歩しましょうか。

ホテルの交換手　あなたのお部屋にチュウインガムはございませんの。
ペイ吉　あったらどうするんです。
ホテルの交換手　エレベータ・ボーイをとりにやらせますわ。
ペイ吉　ありません。
ホテルの交換手　それでは、こちらの売店で買って、あなたの分につけさしておいてよろしゅうございますか。
ペイ吉　一つ拾銭ですか。
ホテルの交換手　――交換手が四人に、カッシャーが一人にエレベータ・ボーイが三人、洗濯係が二人、――食堂の方はどうしましょ。コック長にボーイ長に以下十名程いますわ。
ペイ吉　僕、電話、きりますよ。

2

ホテルの交換手　もし、もし。
ペイ吉　さっき、僕の方から売店に問い合わしてみましたら、もうチュウインガムは売りきれだっていいました。
ホテルの交換手　大森の六四六四がおでになりました。お話し下さい。
ペイ吉　それはあとまわしにしてもいいんです。あなたと話しましょうか。
ホテルの交換手　いまは、勤務中です。
ペイ吉　監督が玉突からかえって来ましたか。
ホテルの交換手　え。
ペイ吉　残念です。それでは失礼——あ、ムシ、ムシ。そちらは大森の六四六四ですか。
電話の声　さようでございます。
ペイ吉　そういたしますと、お嬢さんはいらっしゃいますか。
電話の声　どなた様でいらっしゃいますか。
ペイ吉　私の方でもわからないんですけど、どなた様でいらっしゃいましょうか。
電話の声　こちらは大森の菊池の宅《たく》でございます。
ペイ吉　え、そうなんです。そうすると、お嬢さんがたくさんいらっしゃいましょう。
電話の声　娘に御用がおありなんでございますか。
ペイ吉　はア、そうすると、そちらは菊池のお母様でいらっしゃいますか。

電話の声　あなた様は。
ペイ吉　僕は英語の先生のペイ吉先生です。
電話の声　これは失礼いたしました。
ペイ吉　いえいえ、お嬢さんたちは、この頃大変英語は御上達のように存じます。
電話の声　はア、おかげさまで。それで、御用向きは。
ペイ吉　いま、どなたが一ばん御機嫌がよろしんですか。お嬢さんたちのうちで。一体、みなさんは、いま何をしていらっしゃいますか。
電話の声　さア、――順々に申しますと、一ばん上のが、ミシンをやっています。その次のはピヤノの練習を、その次のが画をかいていますし、その次のがお針をいたしています。
ペイ吉　それは理想的なことで。
電話の声　うちの娘はみな、感心に――それに躾《しつけ》を注意していますので。
ペイ吉　おそれ入りますが、どなたか代表者をお一方、電話口までどうぞ。なるたけいま御機嫌がもっともよさそうなのを。
電話の声が変る――（若い声）　センセイ。
ペイ吉　センセイだい。

若い声　いま足の爪きってたのよ。
ペイ吉　近所にまだお母《つか》さんいるのか。
若い声　母さまは、いま、私のおしり抓《つね》ったわ。足の爪きってるなんて云っちゃいけないって。
ペイ吉　僕もそう思う。
若い声　いま、五人姉妹がみんな揃《そろ》って、足の爪きってたとこよ。
ペイ吉　どういう工合にきるんだ。
若い声　じゃん拳《けん》して敗けたものが勝った人の爪をきってやるのよ。
ペイ吉　それは面白そうだ。もうすんだか。
若い声　まだすまない。
ペイ吉　これから行ったら仲間に入れてくれるか。
若い声　あげても、別にわるかないわ。
ペイ吉　それじゃ、プイコ姉さまの足の爪はもう切っちまったのか。
若い声　どうだったかしら、きいてきましょうか。
ペイ吉　きいて来てくれ。
若い声　（暫《しばら》くして）きいてみたら、まだですって。

ペイ吉　プイコ姉さまの機嫌はどうだ。
若い声　一ばんわるそうよ。
ペイ吉　どうしてわるいんだ。
若い声　きいてきましょうか。
ペイ吉　きいてきてくれ。
若い声　（暫くして）きいてみたら、余計なことをきくもんじゃないって、おこってたわ。
ペイ吉　僕が心配しているって云ってくれ。
若い声　そういって来ましょうか。
ペイ吉　そいって来てくれ。
若い声　（暫くして）そいったらばね、少し笑ったわよ。
ペイ吉　それじゃ、プイコ姉さまの足の爪は、もう暫く切るのは待ってて貰《もら》いたいって、もう一度いそいできいて来てくれ。
若い声　もう十回位よ、お使いするの。
ペイ吉　こんど英語の点をよくしてやる。
若い声　そんならば行ってくるわ。（暫くして）あのね、そういったらばね、わざわざくるには及びません、って。
ペイ吉　そのほかになんか云わなかったか。
若い声　今日は日曜日ですから、教会に夜、また参ります、って。
ペイ吉　そ、じゃ、さよならってペイ吉先生がそういったっていっとくれ。
若い声　センセイ、さようなら。——さっきの約束、忘れないでね。
ペイ吉　なんだ。
若い声　英語のお点。
ペイ吉　英語の点がどうかしたか。
若い声　あら、私のよ。よくしてくれるっておっしゃったじゃないの。
ペイ吉　ははア、あれか。
若い声　お願いしてよ。
ペイ吉　止を得ないな、承知した。
若い声　私も一緒に、今日、プイコ姉様と教会に行くのよ。
ペイ吉　居眠りするんだろう。
若い声　そういうわけにはいかないの。私が牧師さまの御説教の要領をきいといて、
　プイコ姉さまにあとでおしえてあげるのよ。

ペイ吉　プイコ姉さまは、するとどうするんだ。
若い声　どっかに行っちゃうの、居なくなっちゃうの。どこに行くんでしょう。
ペイ吉　僕も知らない。
若い声　お説教が終るころになるとちゃんと帰って来てるのよ。
ペイ吉　きっと、なにか御用があるんだろう。
若い声　それで二人でおうちにかえってから、プイコ姉さまは、母さまに、お説教の話をちゃんときかしてあげるのよ。そりあ上手なの。
ペイ吉　大きい声でいうな、母さまはいまどこにいるんだ。
若い声　大丈夫よ、お台所よ。
ペイ吉　それじゃ、今日も、プイコ姉さまの代りに、御説教をしっかりきいてあげてくれ。ほんとにいい子だ、君は。
若い声　じゃ、さようなら、先生。
ペイ吉　カチーン。
ホテルの交換手　――お話はおすみですか。
ペイ吉　きいてたんですか、あなたも。
ホテルの交換手　さア。

ペイ吉　夕方、僕に電話がかかって来たらつないで下さい、部屋で待ってますから。——多分、眠ってるでしょうから、ジリジリ起きるまで鈴《りん》ならして下さいね。くれぐれもたのみますよ。

ホテルの交換手　どこからかかって参りますの。

ペイ吉　簡単に云います。教会の前に自働電話の赤い箱があります。教会の中ではお説教も始まっているでしょう。日曜日の晩です、日曜日は夜学で僕は英語をおしえなくてもすむのです。ホテルの部屋には電話があります。土曜の晩から日曜まで僕はホテルで泊ります。日曜日の電話です。間違えないで下さい。僕の商売は小説家じゃないんですよ。女学校の英語の先生です。夜学の方もおしえます。それに家庭教師もいたします。月にいたしますと百八十円ですな。——お嬢さんの生徒がいました。日曜日の、教会の前の自働電話の箱の中をお探し下さい。その中にその人は今夜もいるでしょう。

ホテルの交換手　あ、そうなんですの。

ペイ吉　おやすみなさい、それじゃねます。

ホテルの交換手　いま午後二時ですわ。

ペイ吉　まだ、五時間ありますね。夢を一つはゆっくりみれますね。七時ですよ。どうぞ覚えていて下さい。

3

ホテルの交換手　七時十五分前ですわ。
ペイ吉　かかって来ましたか。
ホテルの交換手　まだ十五分まえですわ、七時には。
ペイ吉　どしたんです、一体。
ホテルの交換手　早く顔を洗って、お着換なさい。
ペイ吉　そのために起して下さったんですか。
ホテルの交換手　安全カミソリをお持ちですか。
ペイ吉　床屋には昨日行きました。
ホテルの交換手　恋人にお会いになるんでしょう。
ペイ吉　いいえ、会えないんです。電話で話をするだけです。
ホテルの交換手　無精な恰好なすっててちゃ駄目、お嬢様に愛されるには。
ペイ吉　有難う、ネクタイ結びました。もう後何分でしょう。

ホテルの交換手　まだ、十分はありますわ。
ペイ吉　窓をあけて、風を入れましょうか。
ホテルの交換手　そのかたのお坐りになる椅子は窓ぎわにおおき遊ばせ。
ペイ吉　月はもう出たでしょうか、まだでしょうか。
ホテルの交換手　私は地下室にいますの。
ペイ吉　まだ、空は少しは夕焼けがのこっています。
ホテルの交換手　でも、星ももう出ているような気します。
ペイ吉　僕はいま、ベッドの上で靴下をはいています。
ホテルの交換手　大丈夫、穴はあいてやしない？
ペイ吉　ええ、右の小指はすっかり出てます。——もうあと何分でしょう。
ホテルの交換手　私はいくつだとお思いになる。
ペイ吉　さあ、いくつでしょうね。
ホテルの交換手　私はいつも、兄の靴下の穴をなおしてやる名人ですわ。私の兄は鉄道省に出ていますの。
ペイ吉　月給はいくらですか。
ホテルの交換手　兄の、私の。

ペイ吉　いえ、冗談にきいたんですよ。
ホテルの交換手　私のなら、併《あわ》せると二百二十円になりましてよ。
ペイ吉　兄さんと月給を併せるんですか。
ホテルの交換手　いえ、兄とじゃございませんわ。
ペイ吉　誰と併せるんです。
ホテルの交換手　ためしに併してみたんですわ。
ペイ吉　ためしに。
ホテルの交換手　百八十円に四十円あわせると二百二十円になりましてよ。
ペイ吉　算術が余程おすきなんですね。
ホテルの交換手　え、私、上手よ、計算は自信があるの。
ペイ吉　あなたはどんなかたなんです。
ホテルの交換手　私にだっても、あなたがどんな方だか、わかりませんわ。
ペイ吉　僕は青年です。そんなに馬鹿じゃあない、尤《もっと》も、そう大して悧口じゃない。
ホテルの交換手　理想的ですわ。
ペイ吉　僕は面白いことが大好きなんです。
ホテルの交換手　私も。

ペイ吉　ずい分意見が接近していますね。
ホテルの交換手　私もうさっきから接近しすぎてますの。
ペイ吉　どうしましょ、それじゃ。
ホテルの交換手　――それじゃ、つながないでもよございますか。
ペイ吉　なんです。
ホテルの交換手　もう七時はとっくにすぎましたのよ。
ペイ吉　まだ、かかってこないんですか。
ホテルの交換手　もうさっきからかかって来ていますわ。
ペイ吉　なぜつながないんです。
ホテルの交換手　だってお話中だったじゃないの。
ペイ吉　――お話中。
ホテルの交換手　ええ、私とお話中。
ペイ吉　つないで下さいね。
ホテルの交換手　いや。
ペイ吉　つないで下さい。
ホテルの交換手　――私、お話をのこらずきいてますわよ。

ペイ吉　なにをいうんです。
ホテルの交換手　――はい、つなぎました、どうぞ、お話し下さいまし。

4

プイコ　――ずい分、かかんなかったの、電話、いやんなっちゃった。
ペイ吉　足の爪はきりましたか。
プイコ　だってまってろって、おっしゃったじゃないの。
ペイ吉　こんど、きってあげる。
プイコ　え、どうぞ。
ペイ吉　元気はいいか。
プイコ　よくない。
ペイ吉　なぜだ。
プイコ　かなしいの。
ペイ吉　どうしてかなしいんだ。
プイコ　泣きそうなの。

ペイ吉　どうしてなきそうなんだ。
プイコ　泪が出て来ちゃったから。
ペイ吉　早くふけ。
プイコ　ハンケチ忘れて来ちゃった。
ペイ吉　ここにあるが役に立つまい。
プイコ　讃美歌、ここで唱《うた》ってもいいかしら。
ペイ吉　うたってもいい、きいてやる。
プイコ　電話がなんだかきこえないわ。
ホテルの交換手　――まだ、ですか。お話中ですか。
ペイ吉　まだです、余計なことといわないで下さい。
ホテルの交換手　二通話になりますよ、御注意します。
ペイ吉　さっき、たのんどいたでしょう、となりの部屋の弁護士につけといて下さい。
ホテルの交換手　向うからおかけになったんでしょう。
ペイ吉　もう、黙ってて下さい。
ホテルの交換手　そういうわけには参りませんわ。
プイコ　電話が混線よ、どっかでけんかしてるわ。おかしいわ。そういうわけには参りませんわ、っておこってるのよ、どっかの女の人が。
ホテルの交換手　それは私ですよ。
プイコ　私ってだれ。あんたなんかに電話かけやしないわよ。
ホテルの交換手　生意気いうと切るぞ。
プイコ　あんたは一体だれ。
ペイ吉　讃美歌をうたってくれ。
プイコ　うたうわ（唱う）――あら、変、ほかの女の声で、私と同じうたがきこえるわ。そこにだれかいるんじゃない。
ペイ吉　――日曜日のホテルの電話だよ。
プイコ　どうしたの、ホテルの電話が。
ペイ吉　あしたはまた夜学をおしえる。
プイコ　来週ね、また。
ペイ吉　うん。
プイコ　幸福にくらしましょうね。
ホテルの交換手　あんまりいうな。
プイコ　――誰かが、私たちを呪《のろ》ってる。

ペイ吉　電話だ。
プイコ　電話がどうかしたの。
ペイ吉　電話は二人っきりじゃないからだ。
プイコ　二人きりよう。
ホテルの交換手　嘘だい。
プイコ　心配よう。だれかいるんじゃない。
ホテルの交換手　いる。
プイコ　――ペイ吉。？
ペイ吉　だれもいない。
ホテルの交換手　――はい、さようなら、切りました。
ペイ吉　――切ったア。
ホテルの交換手　――お嬢さま、泣いてるわ。泣き声をきかせるつもりなのよ。そこで、ぷつっと切っちゃったの。まだ、ないてるわ。無駄なのにね、無駄じゃないようなつもりでないてるわ。――なんならちょっときかしてあげましょうか。（つなぐ）
プイコ　――私はここでいつまでも泣いててよ。（泣き声）

ホテルの交換手——という工合、はい、さようなら、また切りましたわ。……

幸福な結婚

中村正常

一

この物語りの主人公K君は大変幸福で——生れた時から幸福で、死ぬときまで多分幸福だろうと至極満足そうな自慢を友達に物語った。K君は友達を招いてこの物語りをするのが大好きであった。

いや僕はね、こうなんだよ——とK君は、相手にウイスキー・ソーダをすすめながら話しだす。

——僕がね、まだ息子で父の家で暮していたころ、ある午前僕が自分の部屋で眠っていると、妹がやって来て、女のお客様がお玄関の呼鈴《ベル》を押していらっしゃるわ、といった。眼をさまして眼をこすって聞くと、呼鈴《ベル》はしきりにまだ鳴っている。一体呼《べ》鈴《ル》はよほど前からあんなに鳴っているのかと僕が妹にきくと、妹は次のように説明した。初めにあのお客様が門を入って来たのを女中がみつけて、それを妹に伝えたので、妹が今度は覗《のぞ》くと、そのお客様はすでに呼鈴《ベル》を押していて、誰かが出て来るのを待っている様子だったので、そこで妹はそのことを母に伝えに行った。すると今度は母が出て来て、やっぱし覗いたら、お客様は盛んに呼鈴《ベル》を押していて、手に花束を持っていたので、以前にもこのような例があったから、あれは多分僕のところに訪ねて来たお客様であろう、それでは僕を起したらよかろうと母は妹に教えたので、それで妹はこういう順序で僕を起しに来たのだとくわしく説明した。僕が妹のくわしい説明を聞いているあいだも、呼鈴《ベル》はやっぱし鳴っていた。僕はお客様のことを大変気の毒だと思って、大急ぎで玄関に行って、入口の戸の留め金を中からはずして戸を開けると、お客様が中に入って来て、僕を見てお辞儀をした。僕もお辞儀をして、その次にまた、どなたでございますかと僕がきくと、随分《ずいぶん》いいお天気でございますわね、とそのお客様はいった。そこで僕は、お座敷にお通りになりますか、と聞いて見た。ええ、これを、とそのお客様は僕に手に持っていた花束を渡してくれたので、僕が受取ると、その間にお客様は靴《くつ》を脱《ぬ》いで上にあがって、スリッパがないと靴下に穴があいているのがめえちゃいますのよ、といった。僕はスリッパを持って来てこごんでお客様の前にそろえて置こうとすると、お客様は、ほら、といって靴下の先に穴があいている事実を僕の目の前に見せてくれた。

「綺麗な花を有難う。」

と僕が靴下の穴以外のほうに、話題をかえると、

「あら差上げたんじゃありませんわ。持っていて戴《いただ》かないと靴が脱げなかったんですわ。」

答えはこうであった。

「奇抜なお嬢さん、お名前は何とおっしゃいますか。」

「あらいやだ。」

僕はお嬢さんの名前をきいて叱《しか》られた。

「大変いいお天気ですね、今日は――」

「そのことならさっき申上げましたわ。」

僕と彼女との応接間での会話は発端においてこうであった。僕と彼女とは応接間に向き合って大層行儀よく会話を応酬した。

「お嬢さん、まだお名前は存じませんが、何か御用向きでもおありでしょうか。」

「いいえ、散歩なんですの。」

十五分目ごろの会話である。

「むやみに、知らない家を御訪問になりまして、その家に僕のような青年がいることが、どうしてお解りですか。」

「幸運と偶然とはおんなじですわ――」

二十五分目ごろの会話――。

「お嬢さんのお住居はどちらですか。」

「いえ今は、わりに天国にいますのよ。」

この困った娘はテーブルの上のビスケットを前歯で、カチカチカチと食べて、息をプーとした。ビスケットの粉は大層勢いよく彼女の口から飛出した。

「これは面白い。」

僕はほめた。

「母様にならったのよ。」

娘は答えた。

「母様がおありなのですか。」

「何だか不思議ですわね。」

「お嬢さん、学校で数学はおやりになりますか。」

「私、本よむのきらい――」

「今日は、お嬢さん、お家には何時にお帰りになりますか。」

「あら、私にもう帰れっておっしゃるの。」

「のこりのビスケットは、お帰りに紙に包んで差上げます。」

娘は椅子から立上って帰りのお辞儀をした。

「お帰りですか。」

僕は娘を玄関におくり出した。娘は靴をはき終って、僕を見上げていった。

「あの、ビスケット頂戴《ちょうだい》。」

娘が帰って行ったあとで、僕は湯殿に行って冷たい水で顔を洗ったが、頭のほうは明晰を欠いていた。

その午後、電話がジリジリと鳴り出した。妹が電話口に出てみると、

（モシモシ――お宅のムスコ君いますか。）

（ムスコ君ていうのはおりません。）

（いいえ、セガレのことよ。）

（どなた様でいらっしゃいますか。）

（あの、御子息様をどうぞ。）

そこで、御子息が電話口に出てみると、

（やあ失敬、あれからどうして――あたしよ。）

さっきの娘の声である。

（あれから、冷たい水で顔を洗いましたが、あまり効果はないようです。）

（あんたはいい方ね――）

（そうですか。）

（あたしは、実は、チザクラダンの団長よ。）

（チ、ザ、ク、ラ、ダ、ン――何ですか。）

（血っていう字と、桜っていう字と、――その団の団長よ、どう、こわくない。）

（御用むきはなんでしょうか。）

（ぼんやりねエ、――あんたはいい青年ね、決議しちゃったのよ。）

（だれがですか。）

（あたしがさっき見に行ったじゃないの、メンタルテストして上げたのよ、その結果及第、――おめでとう。）

（そうすると、どういうことになりますか。）

（いっしょに遊んで上げますわ、出ていらっしゃい。）

（どこへですか。）

（地獄の一丁目一番地よ。）

（そこでなにをしていますか。）

（アイスクリームたべてるわ。）

（支払はだれがなさいますか。）

（あなたがよ、待ってるわ。）

そこで僕が、おしえられたスイート・コーナーに出かけて行くと、さっきの娘が部下を引きつれて、テーブルをかこんで、アイスクリームをなめていた。僕はアイスクリームの数を一ッ二ッとかぞえた。

「やあ、六ツですね。」

「いえ、さっき、前の分はボーイさんが、かたづけて行ってしまったわ。」

「諸嬢《しょじょう》は、なぜ、アイスクリームばかりそんなに食べますか。」

僕は会見の冒頭において、かくの如くいった。するとさっきのあの娘は、

「ア、ア、ア、——なにか面白いことなアい。」

と、あくびと質問とを一緒にやった。

「団長以下全員、退屈しているようですね。」

「――何ごとか起らないでしょうか。」

「では、僕は自分のことを紹介します、僕は」

と、僕は自分の身分と人生への信条とをこの際、申し述べておこうとすると、

「馬鹿ね、単に大きな息子じゃないの。」

と団長の娘はいった。

「あなた方は、僕に何を要求しますか。」

「ただ、そうやって、なにかしゃべっていらっしゃればいいの――男性は我等にとって刺激なの。」

「どういうわけで僕がえらばれましたか。」

「――昨日銀座でバスにのって、窓から帽子をとばしたでしょう。」

「あ、そうです。」

「次の停留場でいそいで降りて、帽子の行方をさがしにかけて来たじゃないの。」

「みてたんですか。」

「――帽子の中に、住所氏名をかいておく人は珍しいわよ。」

「父が帽子をかって来てくれると、いつでも墨で住所氏名をかいてくれるんです。」

「みんなで笑ったのよ。」

「返して下さい、帽子。」

「ところが、アトラスのミヨシってボーイが前から夏の帽子がほしいっていってたのよ、買いなさいってすすめたんだけど、奴、買うのはきらいなんですって、誰かに貰いたいんですって――だからやったのよ。」

「――でも、住所氏名が書いてあったでしょう。」

「だから、私が今日、慰問《いもん》に訪問してあげたじゃないの。」

「段々わかって来ました。」

「あんた、私たちの仲間にならない。」

「仲間になって、どういうことをするんですか。」

「英語の先生にしてあげる。――字引もってるでしょう。」

「持ってます、その字引をどうするんですか。」

「ここに六冊分の英語のリーダーがあるわ、明日のところを、あんたが代りに予習して鉛筆で仮名をふっておいてちょうだい。――持っておかえんなさい、その本。」

「そういう御希望ですか。」

「それから、代数や幾何の宿題も片づけて貰《もら》いたいわ。」

「ついでです、やってあげましょう。」

「そう、前々から先生を一人、血桜団でも雇いたかったのよ。」

「丁度いい都合でした。」

「いい都合だったわ――じゃ、今日はこれで解散よ。会計してちょうだいね、先生。」

先生が会計をすまして、表に出ると、六人の血桜団員はすでに一台の円《えん》タクをとめて、運転手を脅迫《きようはく》して二十銭に値切ってのりこんで、六人の顔がうしろ向きに並んで、先生のほうに敬礼を送って、そのまま迅駆《じんく》し去ってしまった。

二

僕は血桜団顧問の英語の先生であった。僕は六人の団員の英語のリーダーの明日のぶんのところに鉛筆で仮名をふっておく役目であった。僕は大層忠実にやった。特に女団長の恩寵《おんちよう》に対しては甚だ酬《むく》われるところが厚かった。女団長は六冊分のリーダーをまとめて僕の家に持参して、僕の部屋の机の上にそれをおいて、チュウインガムをかみながら甚だ自由なる談話を試みて、一時間ののち辞し去るのが日課であった。これを、僕たちの英語のレッスンと友達には披露しておいた。僕はこの日課が甚だ得意で、かつ大層満足であった。――

しかるに、日がたって、ある日――僕が、僕の愛する女生徒の来訪を待っていると、彼女からの欠席届が速達で次の如く配達されたことがあった。

（欠席届――

先生、私は今日はお腹が痛くて閉口しています。これは多分、昨日母様の御用を引うけて愚弟《ぐてい》と一緒に伯父様のうちを訪問したらば、伯父さまは私と愚弟との前に、うち中にある食べ物の種類をのこらず順々にもって来て、ならべてたべろ、たべろと申しましたから、私と愚弟とは一心にたべたんです。バナナに水蜜《すいみつ》桃に、サイダーに、ビスケットと、おすしと、アイスクリームと、それから牛乳ものみました――そのせいだろうと思いますわ、もうこれ以上は、あとでならまだ食べられるけれども、いまはもう降参だっていいましたら、それならばうちにもってかえってもいいっていいましたから、フランスパンと腸詰と最中《もなか》とおこしとを、うちにかえってまた食べました。そうしたら、夜中にお腹の中が大騒動で、十一種類の革命をおこしましたから、お薬をのみましたら、お腹の中がこんどは合計十二種類になって、十一対一で戦争が今日までまだやみませんの。母様の説によると、それは一どきに食べてしまわないで、お台所の冷蔵庫にしまっておいて、順々に出して食べればよかったんだって申しましたわ。それで伯父様のところに母様の説を電話で申しましたら、伯父様は、うちの冷蔵庫はもうからっぽだって答えましたわ、私と愚弟とがみんな平《たい》げてしまったんですわね。
二伸　そういうわけですから、今日の私たちの英語のレッスンは欠席いたしますわ。）

僕はこの欠席届を受取って、僕の女生徒の健康を大へんに心配して、そこで字引と赤鉛筆とを持って、彼女の家へ出かけて行った。玄関でもし犬が吠《ほ》えたら――怪しいものではないぞ、英語の先生だ、生徒をちょっと見舞にきただけであると、字引と赤鉛筆を証拠に見せてやろう。

呼鈴《ベル》を押したら、女中が出て来たので、お嬢さんはどうです、ときくと、お嬢さんはさっきラケットをもって出ていらっしゃいました、と答えた。してみれば、お腹がいたいといったのはあれは嘘であろう。

（貴嬢《あなた》は嘘をいいました。この嘘は本当に可愛らしく魅力があるとは認めますが、嘘は昔から悪徳の最たるものだと申します。先生記。）

赤鉛筆で名刺の裏にかいて、女中に託して僕はかえって来た。

その次の日、僕の女生徒より速達でまた手紙が来た。開いてみると——

（欠席届——

昨日は失礼。テニスをいたしましたらば顔が日に焼けて、勇敢な顔になりました。スポーツはほんとによろしゅうございますわね、さて、大事件が起きてまいりましたの。今朝、アメリカの姉からそれはそれは長いお手紙がまいりまして、それには書いてございましたの、大事件がですわ。

毎年——私のお誕生日とクリスマスに——私は夏に生れましたし、クリスマスは冬でございますわ、これは都合のいいことですのね、アメリカの姉はお祝いにそのころになると私に洋服を送ってくれますの、夏と冬と洋服が二つ出来ちゃいますわ。これで間着《あいぎ》の時節ごろ、もう一度余計に生れておけばもっとよかったと思いますわ。でも駄目ですわね。さて、その洋服のことなんですが、この三四年というものは、折角送ってくれた洋服がみんな私がきるとちっぽけで——洋服のほうがちっぽけで、からだのほうが大きいんですわ。これが反対なら、海は遠いんですもの、わざわざ反対なんか申しませんわ。ぬい直して貰ったって我慢しますわ。姉は私が小さいときアメリカに行ってしまいましたから、私がいまはこんなに大きくなったことを知らないんですわ。ですから、私は智恵のある娘ですから、愚弟にたのんで、大きな物指《ものさし》を作って貰って、それを立てて持って写真をうつして送りましたの。こうすれば、私がもうどのくらい大きくなったか、アメリカにいたってちゃんとわかりますわね。――そうしましたら、返事がきましたの。「なるほど、考えてみるともう大きな立派なレディになっているにちがいない、そうしてみると、多分はもうスイート・ハートが内証で――日本の習慣にしたがってこっそり出来ていることでしょう。オオ、もしも、そういうひとがまだないのなら――悲しませることを好みませんから――もしもないのなら、ぜひアメリカにいらっしゃい、好きなことを勉強さしてあげましょう。しかし、日本にのこして来た人が恋しくて、すぐかえりたくなるようでは駄目ですよ……」って、そう書いてありましたの。先生、先生、こういう手紙にはなんて返事をかいたらよろしいでしょうか。それに一体、私にはスイート・ハートがあるんでしょうか、ないんでしょうか。どうもはっきりいたしませんの。それにアメリカにだっても行きとうございますわ。

二伸
そういうわけですから、今日は欠席ですわ。英語なんかはアメリカに行けばすぐ習えちゃいますわね。）

僕は愛する女生徒より、この速達をうけとって、とても落ちついている気にはなれなかったので、早速また、字引と赤鉛筆とをもって、彼女の家にとんで行った。もし玄関で犬が吠《ほ》えたら——怪しいものではないぞ、英語の先生だ、生徒にちょいと教えに来ただけである、と字引と赤鉛筆とをみせてやろう。

呼鈴《ベル》を押したら、女中が出て来たから、お嬢さんは、ときくと、お嬢さんはさっき歯医者にいらっしゃいましたと答えた。

（貴嬢《きじよう》よ、歯医者ではいたくはありませんでしたか、心配です。さて、告白すれば、僕は貴嬢《きじよう》がアメリカの御令姉《ごれいし》より一年に二着ずつの洋服を送ってお貰いになることには絶大のよろこびを感じますが、しかし、貴嬢《きじよう》がその洋服の国に行っておしまいになることには絶大のかなしみを感じます。僕は貴嬢《きじよう》を愛しているからです。そうしてみれば、犬が吠《ほ》えつくのを我慢して、ここに来ましたのは、そのことを申し上げたいためでしたと思いますが、――犬のほうは御在宅でしたが、貴嬢《きじょう》のほうは御不在でした、これは残念なことでした。先生記。）

僕は赤鉛筆で名刺の裏に四枚つづきの手紙をかいて、女中に託してかえって来た。

するとまた次の日、速達が来た――

（先生はとうとう、恋を告白なさいましたのね、滑稽な方、今日は大変元気ですわ、私は――英語なんぞ、今日も失敬しちゃってよ。これ欠席届。）

また欠席届であった。

三

幸福なK君のこの幸福な恋物語りは、夏の夜を一層に涼しくはさせないので、聞手は早く結末をいそいで催促する。ウイスキー・ソーダの酔が少し廻って来た客は――だらしがねえな、終始終始その不良少女に翻弄されやがって、それを自慢する奴があるかい、とK君を非難したりする。すると、K君はなお次の如く話をつづけて相手にきかせようと努力する。

それがね、君、こうなんだよ――K君は相手にウイスキー・ソーダをすすめながら、いうのである。

僕は英語のレッスンの教場を次の日から早速かえたよ。市中の、あまり目立たないホテルにね。そこで女生徒と二人で先生は何をしたか――ここに、その当時の彼女の手紙がある、よもう、きき給え。

（今日の私達は本当に幸福だったと思います。でも、ああした幸福な時を、あんまり自由に豊富に味わってしまうことは、もっとあとで味わったとき、つまんなくなってしまうんではないでしょうか、心配ですわ、先生。――私の母さまがもし、あなたに返答を求めましたら、きっと、ハッキリ返事をして下さいますわね。私は母さまの前で自慢がいたしたいんですわ。だって、ずい分有利なお約束をたくさんいたしましたもの、――あれ、みんな実行して下さいますわね、信じていますわ。私、得意ですのよ。親しらずの歯がお口の中で芽を出して、歯医者の先生のところにいくかえりに——歯医者の先生のところで時間がかかりましたって、母さまにはいいわけして、ホテルで二人で遊んだんですわ。親しらずがはえましたから、少しはいたいけど、きっとなにかいいことがあるだろうと、私は、そう固く信じてましたのよウ——」

「おい、おい、ちょっと出ておいで——」K君は、ここで、奥に向って呼んだ。すると奥から当時の血桜団長のあの困った娘が、いまではK夫人になって

「アラ、みな様、ようこそ」

と出て来る。

「僕の家内だ、よろしく。」

K君はK君の幸福をみんなに紹介し終って、タバコの煙を天井に吐いた。

三人のウルトラ・マダム

中村正常

三つのチョコレートなら三人で分けてたべ、二つのチョコレートなら持っていた一人がこっそりたべてしまい、一つのチョコレートなら、三人でジャン拳《けん》して勝った一人が口に入れて、あとの二人は味はどうだったと聞いてみるだけ――そういう友情と約束とに若い日を送っていた三人の仲のいい最新式のお嬢さん達がいて、その三人はいよいよ三人の相手をみつけて、そこで三人が三組六人にふえて、この三組六人の少女と青年は、三つの結婚式を或る日、或る日、或る日、にあげた。さて、その結果は、案にたがわず大層幸福だったので、そのうちの一人のモダンマダムは自分たちの幸福を自慢して発表してやりたいと或る朝考えて、そこでモシモシと電話をかけた。

（モシ、モシ、奥様はいらっしゃいましょうか。）

（ハイ、ハイ、私は奥様ですわ。）

（あら、いやだ。）

（私は奥様ですけれどもね、そちらは――）

（ええ、やっぱし――）

二人は電話口で朗かに笑い合った、そこで一応の儀礼がすんだところで、

（おひまなら、私んちに、遊びにいらっしゃいませエん。）

と、自分の幸福の話を相手にきかしてやりたいと計画を始めに考えついた方の奥様が相手をさそった。

（そうね、行くわ。）

――相手の奥様は、彼女もまた大層幸福だったので、よしそんならば、一つこれからきかしてやりに出掛けようと内心はそう考えていたのである――

（よくいらっしゃいましたわ、マダム。）

玄関口に迎えて、こっちのマダムがいった。

（大きい声でマダムって云わないでちょうだい、失望させるから――）

お客のマダムは答えた。

（あら、なぜ。）

（うん、円タクね、私にお嬢さんお安くまいります、って乗れってすすめたのよ。三十銭ならのるわ、って云ってやったら、奴ＯＫっていったの。私のことね、お

嬢さんだと思ってるの、幸福だったわア――）
（そオ。昔のままね、あんたは。）
応接間に通して、主人のマダムは、まずゼスチュアを気取らしてやり始めた。
（お変りになりませんわ、そちらも。）
お客のマダムもまた、ゼスチュアをアクセントにこめてやった。
（どオ、その後、――）
（え、ま。）
（お話なさいよ。ききたいわ。）
（そちらから――）
（辞退はしないことよ。）
（――気をつけろ。）
（きくか。）
（お菓子をもっとだせ。）
（台所に行ってみろ。）
（お掃除するのか。）
（あんまりしない。）

そこで、お客のマダムはテーブルの上の菓子鉢を——なんたる無遠慮であろうか、手にとって日にすかしてみた。

(やア——)

(大丈夫だい、昨日ふいたんだい。)

(なんでふいた——カアテンでだろう。)

(エプロン。)

(たべ、なアいと。)

(そうか、そんならしまっちゃう。)

さて、二人のマダムの会話は大層新様式であった。そのとき、玄関の呼び鈴がまたジリジリと鳴った。

(来たぜ、だれか。)

(うん、追っぱらっちゃおか。)

(僕ッ行ってきてやら、邪魔っけだからな。)

お客のマダムは、ひとのうちにお客に来ていて、大層親切に家事を手伝ってやることにして、気軽く玄関の方に出て行った。しばらくすると、

(なんだい、こいつさ——)

と、また一人の別のマダムの肩を押しながらかえって来た。

（こんちは、きたわ。）

はいって来たのは、三人の仲よしだったあのクラス・メートのもう一人の片われ――いまはやっぱしマダムである。

（ふうん、天に意が通じて、三人そろっちゃったわね。）

主人のマダムは足をばたばたさしてよろこんだ。

（君、このお菓子たべるか、たべないか。）

前に来たお客のマダムは、あとから来たお客のマダムにそうすすめた。

（私、話そうと思って来たの、うちの人、ね――）

あとから来たお客は立ったままで、口をきった。

（あれ――）あとの二人は叫んだ。

（きくか。）

あとから来たマダムは催促をした。そこで、実は三人は各《おのおの》の自分たちの幸福さを相手にきかせようと思って、今日、ここで会ったのだと、事の真相をそこで告白し合った。

（そんならば、始めなさい。――テーブルの上に、お女中を呼ぶ鈴《りん》がありますわね、これをまんなかにおいといて、相手の話をきくに堪えなくなったら、チーン、ってやりましょう。)

と、一人のマダムが智慧をだした。

(でも、チーンってやると、女中がハーイって出て来たらどうするの。)

と一人がまた口をいれた。

(煮物をするとき、お砂糖の加減を今日はひかえ目にしろ、って云いつければいい。)

と一人がまたいった。

三人はそこでジャン拳《けん》をした。

(や、私が勝ったい。ちょっと赤くなっちゃう——)

一番目の語り手は顔を少し赤くした。

(赤くなんかなってないじゃないの。)

三番目の順番に廻された語り手は不平そうに云った。

(で、どうなのさ、君の亭主——、云いたまえ、早く。)

二番目のが、自分の番を早く来させようと催促した。

(うん、朝起《おき》るでしょう、でも、私は起きてやしないのよ。)

（なアんだ、それっぽっち。）

（起きてやしないのよ。）

（それからどうしたのさ。）

（そうすると実に困るらしいの。）

（亭主、困らしてどうするのさ。）

（そこで、私、要求するの。――今夜、邦楽座《ほうがくざ》につれてくか。いやなら、もっと起きないぞ。）

（やめなさいよ、そんなの、初歩よ。私なんかは――）

そこで二番目のが、云い出した。

（私なんか、退屈してるときね、――ハズ机でお仕事してるでしょう。そばに行って邪魔してやるの、鼻つまんだり、耳ひっぱったり――）

（それでも、ハズ腹を立てないってのが、自慢なんだろう。甘いなア――）

三番目のが自分の番を急いでいる。

（ま、きけよ。そうするとね、しまいに、ハズ君、僕を抱えちゃってね。）

（窓からほりだすのかい。）

（ちがう、ソファの上にぽんって投げ出すの、そうすると、スプリングで、ぴょこんぴょこん、はね上るでしょう――私、足、天井の方、あげちゃう。）

（結果は、さア――）

（ハズ、勉強するのやめちゃって、僕のそばにいることになっちゃうわよ、結果は。）

（フーン。）

と一人が感心した。

（さ、私の番だい。）

最後の番のが叫んだ。

（朝、起《おき》るでしょう――）

（結果の方、早く云え。）

（そんとき、私は起きる必要があるかどうか、きいてみるのよ。そうすると、必ずしもおきなくってもいいっていうの。）

（やな奴だな。）

（でも、起きなければ、――私の、昨日ぬぎっぱなしのスカート、しわだらけだって、そこでいうの。）

（そこで。）

（——そんなら、僕が起きてアイロンあててやる、っていったわよ。）

（やらしたのか。）

（うん、私、ねてた。）

（いい、気持か。）

（そりあ、こうのびのびとしちゃう。）

（のびてたのか。）

（うん。）

（それっきりか、話は。）

（そのうちに、私、パパ、っていい声でよんでやったの。）

（すぐ、とんで来たか。）

（とたん、に事件が起ったの。うちのお姑さんがね、虎やア、って呼んだの、虎ってのハズの名前なの、虎雄ってのよ。虎やア、虎ア、っておきい声で呼んだ。あとできいたら、お姑君《しゅうとくん》、そのとき梯子段からおちて、悲鳴をあげてよんだんですって、どうりで大きい声でよんでると思ったわ。）

（それでどうしたのよ。）

（だから、私も敗けないように、いい声で、パパア、さみしいのよ、来てちょうだい、ってよんだの。)

(すげえよ。)

(そのとき、うちの小姑ね、二匹いるのよ、賭したんですって、うちのお兄様はどっちの方に行くでしょう、って。母様は梯子段からおちて泣き声でよんでいる。それから私はベッドで、さみしいわ、って呼んでいる——と、彼は早速私の方に来ちゃった。)

(結果、それですんだの。)

(いえ、姑君と二人の小姑君、荷物まとめて、家出てっちゃった。)

(チーン)

卓上の鈴《りん》をならした。女中が出て来て
(お呼びでございますか。)

と三人の前に丁寧に頭を下げた。

月がのぼったら
月に話のあとをきけ
正常

「刹刀日記」より

石川桂郎

石川桂郎《いしかわけいろう》

一九〇九―一九七五

東京生まれ。俳人、小説家。家業の理髪業をつぐ傍ら、石田波郷に師事、同人誌『鶴』に投稿をはじめる。また、散文は横光利一に師事した。戦後『俳句研究』『俳句』の編集長をつとめ、『風土』を主宰。六一年第一回俳人協会賞、七五年蛇笏賞受賞。句集に『含羞』、小説に『剃刀日記』など。

序

石川桂郎氏の諸短篇はときどき雑誌の一角を埋めているのを私は眼にした。秋晴れの日通りすがりの路傍から金木犀の匂いの流れて来るときは、ふと足を停めることがあるが、氏の作を見るときもそんなに私の足を去らしめない何ものかがあって、その日の忙しさを暫く忘れるのが常である。一度嗅いだが最後も早や忘れがたくなる匂い——これは何んだろう。汚れを知らぬ簡素な心の放つ匂いである。哀感を誘いながら微笑をもって門を送る。この清らかな慰めは、秋から冬にかけ、また冬から春におよぶ季節の変り目に、稀に見る好天の日の、恙ない夕餉のひとときを想う。こういう夜は私には一年のうちでたまにしかないのだが。

横光利一

蝶

午後一時にお顔剃の仕度をして主人に来て貰い度いと、松下邸から門脇に住む老人の使いがあった。先代の殿様という人が亡くなってから、二十年近く御用の無かった松下邸であるから、誰が顔を剃るのか解らなかった。兎に角その仕度をして松下邸の内玄関に立ち、呼鈴を押した。暫くすると家老職とでもいう風の羽織袴の老人が出てきて、威容なお辞儀をした後、「いずれから」と、白鬚が謡曲の面の様に見える顔をあげた。「先程お使をいただいた床屋ですが」そう答えると、俄に大変損をしたとでもいう顔で「ああ床屋か、お這入り」と一言いいさっさと奥へ引込んで了った。私は靴を脱いで冷たい式台を踏むと、さてどちらへ往ったものか迷った。三方に廊下が有って人影も無いのである。困っていると足音がして瘠せた女中が出て来た。女中は私の顔を一寸見たまま、何も云わず、くるりと後を向いて歩き出したので私はその後へ従いた。

滑りそうで危い廊下をしばらく行く。女中が障子を開けて呉れたので中へ這入ると、そこは薄暗い十畳の部屋で、妙に天井が高くガランとしている。

暫くして座蒲団とお茶が出たが、運んできたのは先刻の女中ではなかった。私はけむりの立たない茶碗を睨め乍ら、何んとなく人の気配を窺うような気持になっていた。突然障子越しに槍先の飛び出しそうな、そんな部屋なのである。軈て又女中が顔を出したが、又違う顔の女中である。五ツ程同じ恰好の部屋の前を通り、渡り廊下を越すと今度は木の香の新しい障子の前に立った。私を案内した女中が、「御免遊ばしませ」と声を掛けると、障子の内から、「お這入り」という老婦人らしい声がした。私は何の気なしにその部屋へ足を踏み入れようとして思わず立停って了った。眼の醒めるような多様の色彩と金銀の光りが一時に私の網膜の中へなだれ込んで来たからである。それは婚礼の衣裳と数々の祝品であることは直ぐに解ったが、僅に人の歩く通路が十字型に出来ている以外、此の二十畳の部屋いっぱいに積み上げられた祝品の山なのである。部屋の隅々にめぐらされた衣桁には眩いばかり金色を縫いとった衣裳と、白無垢の式服が部屋の空気を冷たくするまでにずっしりと垂れ下っているのである。そして不思議なことに、祝品を包装した白い紙の上に印刷された壽という字が、みんな人の横顔のように見えてくるのである。大小数多の壽が横向きに口を開いて笑っている十字路の真中を、私は惧る惧る踏み乍ら老婦人に挨拶した。すると老婦人までが壽という字のように皺の多い顔で笑い乍ら「御苦労さま」と云い、私の顔を見詰めて「あなたが御主人か」と聞くので「そうです」と答えたが老婦人は妙だという顔で「たしかお宅の舗に御年配の人が居た筈だが」これは私の親父のことを言っているに違いないと思ったから「親父は三年前に死にました」「それでは貴男は息子さんですか、それはそれはお気の毒なことをした、そう云えばお父さんによく似ている」

老婦人は十字路の突当りまでゆき「おひい様、床屋が参りました」と、襖の向うへ声を掛けた。襖の内で何か言ったようだったが、私には、何を云ったか聴き取れぬ声だった。美しい花鳥の襖を静かに開け老婦人は私を振り返ってまた、お這入り、というのであった。

私は誰にともなく、今日は、と挨拶したがその声が大き過ぎて自分乍ら驚いた。けれどもお姫さまは後向きのまま振向きもしない。漆器の盆の上に石鹼とブラシと湯桶が用意された。そこへ先刻の家老らしい老人が慌だしく這入って来て「剃刀はお屋敷のを使用して貰い度い」と、定紋入の剃刀箱を私の前へ出すのである。見ると、古びた日本剃刀が二丁納めてあったが、何れも使用に耐えぬ品物なので、これでは剃れま

せんと断ると

「何故使用出来ぬのか、これは立派なお品で優にわしの鬚でも剃れる剃刀じゃ」お姫様の手前を憚って低い声ではあるが明かにお家の一大事という表情で老人が詰め寄って来た。「あなたの鬚は剃れましょうが、女の鬚は剃れません」そう私が答えたので、若い二人の女中がくすっと笑った。

私の剃刀を消毒することにして、女中がアルコールを取りにひき退る。老人は、これ以上争えないといった顔で部屋を出ていった。

膝が埋る程厚い座蒲団の真紅の中で、袖と胸と膝に源氏香を紅く絞った黒地のお召に博多らしい一重帯を結んだお姫さまは、動くと匂いこぼれるような美しさで坐っている。私は窃かに深呼吸をひとつして剃刀を持った。お姫様は静かに瞳を閉じているので、剃るのには楽な筈なのに、私はどうも少し硬くなっている。大体若い娘というものは床屋の前で妙に自衛的な態度を示すものである。床屋の椅子に寝かされると、眼をパッチリ見張って何時でも来いという表情をする。甚だ迷惑なことであるが本当なのである。円な頤をあげて瞳を閉じたお姫様の顔は世にも稀に美しいものであった。生れて始めて剃る顔であることは、逆光に透す時金色の生毛が頰の輪廓をぼかして了うのでも解る、私は老婦人の検分する姿を背後に重く感じ乍ら、ますます硬くなって姫の顔を剃らねばならなかった。やっと眉をつくり終えると、私は別の剃刀を出すのに手間どる振りをして少し休息した。老婦人は感に耐えぬという風に、お美しくなりましたこと、と側に控えている二人の女中を顧みて、同意を求める。そして二人の女中も一緒にうなずくのであった。とりすましてはいるが屋敷風に灰汁抜けした女中達であることを、その時私はやっと見留めることができた。

襟を剃るためにお姫様の背後に廻るとき、私は幾分落付を取り戻した。庭に面して開け放された障子の外が花壇になっていて、牡丹が見事に開いているのが見られた。とその時、牡丹の中に沈んでいたらしい一疋の揚羽蝶が飛び立ったと思うと、廊下を越してお姫様の部屋に舞い降りて来た。同時に、

「蝶」

と、いう声がした。微動だもしない姿態のまま静かに云い放った姫の声であった。それは側近の者に蝶の闖入を知らしめる声のようでもあり、自身を沈黙の憂いから救う吐息のようでもあった。それは二度思い出すことのむずかしい、美しい声であった。姫の声を聴いた後の部屋は一層静かになった。仕事を終えて剃刀などを片附けていると、間をおいて金糸雀が啼いた、遠くのようであるが、止木を渡る爪の音が聞える。

元の暗い部屋に戻ると茶菓子と一緒に、水引を掛けた奉書包を恭しく渡された。寸

志、松下家と墨書され、裏に金千疋と書いてあった。

四五日して、唐草模様の布を垂した古風な釣台で婚礼の荷が数荷私の家の前を通った。その翌々日輿入の自動車が通るという噂を聞いて、近所の娘達が私の家の前に立った。

軈て数台の自動車が、壊れ物を運ぶようにしずしず進んできた。先頭を見ると白無垢姿のお姫様が直ぐ眼についたが、白く塗りつぶされた顔は別人のようで、私には世のお嫁さんと少しも変らなく見えた。

炭

終業の汽笛が鳴って暫くすると、工場を帰る職工の群が、一ッ時騒然と私の家の前を通り過ぎるのを、いつもの癖でぼんやりと眺め乍ら、これは、ひょっとすると雪になるかなと思った。

軈て低く垂れこめてきた雪雲の下で、私の前の長い坂が、一瞬、青白く光りだしたと思うと、白いものがチラチラ落ちてきた。職工の群が全く帰りきって了うと、この辺の一劃の邸町は一層しんかんとして、昏れ方の坂の寂しさをしみじみ身近く感じるのだった。

一仕事済んで、これから夕飯にしようとするところであった。舗の前を暫く往ったり来たりし乍ら舗の中を覗く老人があるので、番地不明の家でも尋ねる人であろうと思い、こちらから扉を開けるようにして、何か御用ですか、と訊いた。町内に古く住んでいる私の家へ番地を尋ねに来る人は珍らしくないのであった。御免下さいまし、こちらさんは元お隣に舗のあった、清風軒さんで――。

私の舗がむかし現在の舗の隣りにあって、清風軒といったのは、亡父の残していった古い収入帳などにそう記るされてあるので知っていたが、今時二十五六年も前の清風軒などという屋号を言って尋ねて来られることに、なにか蠟燭のもえる匂いのような古びた懐しさを感じ乍ら、私は少し狼狽てて、左様でございます、どうぞお這入り下さい、と客待の椅子を勧めた。

へい、では御免蒙ります。小腰をかがめ乍ら続けさまにお辞儀をして、親方は御在宅でしょうか、私は昔このお舗に御厄介になって居りました、兼、と申す者でございますが、今度、ひょっこりこちらへ出て来まして、つい懐しさに、いやどうも、今更お寄り出来た義理あいのもんじゃねえんですが――。

兼と申す、と聞いた時に、ああこの人が炭兼さんか、かねがねお高名は承って居ります、とでも云い度い可笑しさを怺え、私は座敷の母を呼んだ。

現在でも市内に理髪師だけを扱う職業紹介所といったものが三四軒残っている。理髪師仲間でこれを手間宿といっているが、昔はこの手間宿にごろごろしている職人達に独特の型があって、腕もいいがそれぞれ一癖持っている、所謂渡り者の集りであった。雇う側ではわずか一日働かせるのにその気苦労は大抵でなく、働いて戴きます、といった態度で腫物にでも触るようにして扱うのだ。

日曜祭日とその前日を彼等はもの日と云っているが、月の内五六日あるこのもの日には、一軒の手間宿に寝起きしている数十人の職人が午前中に一人残らず出払ってしまう程であった。申込が早い程馴染みの舗ほど、達者な職人を廻すのが普通であったが、一度この職人仲間に評判を悪くした舗へは、ことさら意地悪く、じゃあ俺が行ってなぐって来てやろうと、一座の兄イ株が出て行くか、あの野郎あまり見ない顔だが、彼奴を廻してやれ、といったかたちで宿の帳簿に登録されていない新まいを向けるなぐる、とはわざとぞんざいな仕事をする、彼等の通り言葉だった。

けれども職人たちの評判というのも実は他愛ないことで、喰いものが不味い、親爺はいいが嬶が五月蠅い、娘がいやにつんつんしていやがるなどと、雇う側にすれば無理な文句なのであった。しかも月給で居る職人の日割にして三倍もの収入があり乍ら月の半分は遊び暮してしまい、人並な身装もできないでただ偉がっている連中なのであった。地方出の者、土地で失職した者に手取早い就職のつであった、が宿はえぬきの連中には徹頭徹尾頭があがらなかったものである。

廿四五年前迄の私の舗つまり清風軒には、斯うした手間宿にも更に居付かれない、本物の流れものが絶えず四五人位寝起きしていた。中には父の名を頼って他国から流れ歩いてきた者が、一宿一飯とやらの型ちで働きたいだけ働き、草鞋銭を貰って去ってゆく者もあったそうである。

兼というのは、その当時父の故郷の静岡から出てきた、白幡兼吉のことである。恰度その頃八木兼太郎という上州辺の流れ者がいて、兼が二人になってしまった呼び悪さから、自然軀の大きい八木兼太郎を大兼と呼び背の低い瘠せ形の白幡兼吉を、ちい兼と呼ぶようになった。尤も本人はこの綽名をひどく気に病んで、その頃父の処に遊んでいるこれ等の人を臨時に借りたいと言ってきた舗へ翌朝出掛けてゆく時、――三田の親方から云いつかって来ました、私ですかい、こけん、と申しますと、苦し紛れに、それでも正直に兼へ小の字をつけて、そんな風に洒落て云った。

当時の職人の服装がまた変っていた。いなせをもって「いのち」としていたから、まず下駄は、八幡黒の前鼻緒のつまった畳表ののめり、というものを履き、とうざんの着物を着たが、その仕立方が普通人と違っていたのは七五三五分まわし、つまり後幅七寸五分、前幅五寸五分、衽三寸五分という着物で少し大股に歩るくと下帯ののぞく様な恰好であった。それに平絎の帯をしめ、冬は二子の半纏を着た。

母の話では、私から二番目の妹の生れた年だというから恰度二十五年前、その頃兼さんと一緒に新一という弟子が居た。職人達の着物はみんな質屋などへ這入ってしまって無かったけれど、新一は袷を一枚持っていた。兼さんがこの袷をなかば嚇し文句で借りて出て行ったが、其の頃こうした連中が集って開く、ちゃちな賭場へなけなしの銭を摑んで出掛けたものであろう、奪ったり奪られたりが明方までに元も子も失して了い、兼さんは嘗て袂の忘れ銭から思わぬ目の出たりした、賭場心理に憑かれてくると、真逆借物と忘れたわけではないだろうが、最後の袷を賭けてそれまでも奪られて了った。襦袢に股引という誰れかの借物姿で翌朝しょんぼり帰ってきたが、訳を訊いた新一に泣きつかれ、くさくさしている時とて逆に新一を殴ってしまった。これをきいた父に激しく叱られた兼さんは、流石に気まり悪るくなって、とうとう父の舗を飛出してしまった。

その後半年程して、私の妹が生れたことを何処で聞いて来たのか、恰度父の留守に訪ねて来た兼さんが、産後の床の中にいる母の前に手をついて、殊勝らしく無沙汰を詫び、妹の誕生を喜ぶのに涙を流していたそうである。昔こうした喜びごとが親方の処にあると、舗で世話になったともだち衆が集って何か祝いの品を贈るのが慣しになっていて、親方はその祝品の倍程に当る祝儀をともだちへ返すのであった。

兼さんが母の処へ祝いに来たのも実はその祝儀が日当だったのが後になって解ったのであるが、――女将さん、何か祝いと思ったのですが、気のきいた品は兄貴達が何か持ってきてると思いますので、無駄にならないものと思いまして、今この先の炭屋から榾割を一俵届けさせますから、どうかお納めなすって。――そりゃ済みませんね、そんな心配をして呉れないでも良かったのに、では遠慮なしに頂戴しますよと母が相変らずひどい装の兼さんを見て気の毒に思い、これは親方の、これはほんの心持ですが私からと祝儀をやり乍ら、親方も直き帰ってくるから夕飯でも済ませてゆきなさい、と云うと、一寸他に廻る所がありますから今日はこれで御免蒙ります、親方に宜敷くと言ったままそそくさと出て行った。兼さんが注文して呉れた炭が翌日になっても届かないので不思議に思い、炭屋に催促するとそんな人は見えなかったという返事だった。

はじめて一杯喰ったのに気付いて以来、炭兼という綽名が兼さんについた。そして、この事があって以来私の舗へ影も見せなくなった。

二十五年も顔を見ない兼さんを、果して母が覚えているだろうか、私は、珍らしいお客さんだと、座敷の母へ声をかけた。

――さあどなたでしたかね。見憶えのあるような。

――ないようなですかい、情けないが無理もありません。女将さん、兼ですよ、兼で、御座んすよ。

鼠色のジャンバーに黒ズボンという恰好の兼さんが座敷に通ると、一寸も知らないことと言えそれはまあとんだことでした、そうですかい、元気な親方だったが亡くなりましたか。今更追ッつかないこったが、口の利ける内に一度お詫がしとう御座んした――仏壇の前へ坐ると畏まって線香をとり、人間仏になっちまっちあ、どんなきかない人でもお終いでさあ、あっしなんざあ、亡くなった親方には随分可愛がられたし、どやされもしたが、今になってみるとどやされた方が却って懐しいんだから。母が後に坐って、去年の暮が三回忌でした死ぬ前にも時々あんたの噂が出て、丈夫で居ればその内訪ねて来るよと、親方もあんたには逢いたかったのでしょうよ。――すんません、ろくな噂の出るあっしじあないが、と涙ぐんで、洟をすすった。

仏壇のある三畳は電燈がなかった。冥い蠟燭の明りに顔を寄せた兼さんが、その時になって、親方の戒名はと母に訊いて振返った。そして母は何気なくまん中のです、と応えたが私は独り佗しい気持に沈んでいった。

鉄山寿光信士、という戒名は兼さんも短過ぎると思ったに違いなかった、いや不服に相違ないと思った。現に父がそうであった、他家の通夜から帰って時々戒名の事を言っていた。長い戒名だった、院号があった、そうしてそれを立派な仏様だったと言って褒めた。その時は、くだらない事だと聞流していた私も、今斯うして兼さんに訊かれると、二十五年振りで会う弟子に立派な仏でありたかった父の気持も、親方の長い戒名を褒めたい兼さんの気持も解るように思えたからであった。戒名に就いて兼さんは何も言わなかったが、私は何も言わぬことに又暫く拘泥っていた。

なんにもないけれど、兼さん一本つけましたから――今でもいけるんでしょうと、母が有合せの肴に寿司を添えた膳を置くと、じゃあ遠慮なく頂戴します、そう言ってさっぱりと盃を取り胡坐になり、美味そうに独酌ではじめるのだった。外から這入って来た時には、顔色の悪く黒い、年配も六十を余程越した男のように見えた兼さんも、電燈の下で近々と見る顔は、日焼して小さく面長なところへ少々大き過ぎる眼を、話し乍ら眩しそうにするところなど却々愛嬌があった。

私の知らない昔話が次々と出た。母にも懐しい話しであった。ときに大兼さんはどうしたかしらねえ。大兼ですかい、彼奴もあっしと同様だらしのねえ奴でして、此の舗を出ると故郷へ還って舗を持ちましたが、女房に死なれてからはそいつもいけなくなって了いまして。それはお気の毒に、そのおかみさん、確か、お仲さんと言った、

——大兼さん子供衆はなかったの。女将さん冗談言っちゃあいけねえ、あの女房に子供の出来るわけがねえ、御存じあなかったかね、あれはそれ品川の。ああそうそう、そうだったね、あの時は何か大変な騒ぎがあって、私もおつきあいをしたような……。あれを女将さんにお願いしたのは、あっしですよ、死ぬの生きるのと散々人騒がせな真似しやがった揚句が、ねえ女将さん、十両で女を見請けしようというのだから、当節の流行で言うよっぽどの心臓者でしたよ、皆さんの御寄進があったし、お仲という女がしっかり者で幾らか貯め込んでいたから、どうやらけりがついたようなものですが。

三本目の銚子の軽くなった手つきが幾分酔ったように見える。ズボンの隠しから煙草の箱を抜いたがそれが空だった。小さな風呂敷包を膝の上でほどくと、煙草といっしょに鋏と櫛と日本剃刀が出てきた。

とんだ楽屋をお目にかけてしまった、あっしも来年は還暦というい、い、け齢をして、いまだに舗も持てない始末で、実は昨日まで熊谷の在へすけに行ってまして、今朝方ぶらぶら歩いて東京に着いたところなんですよ。尤も途中で青物市場へ来るトラックに乗せて貰いましたから幾分楽はしましたが——。青物市場のトラックって走ってるんでしょう、どうして止めるのと不審なだけでなく、話を明るい方へ引いてゆきたい思いから私が訊くと、兼さんは顔を顰めるように笑って、なあに、田んぼのまん中でパンクしていやがったのを、一寸ばかり手伝ってやって駄賃に乗せてきて貰ったんですよ、お蔭でこんなに豆をこしらえましたよ、と掌を見せるのだったが、私は赤くはれ上った豆の痛々しさより、同職の畸形にちかい程華奢な指が深い皺に刻まれているのを見て思わず視線をそらした。

私は何となく座を立って窓の外に眼をやると、何時の間にかすっかり昏くなった坂に薄雪が敷かれて、自動車の轍が黒くその上を走っているのが見えた。

薔薇

死人の顔を一度剃ったことがあった。

震災直後、私の舗から四五丁離れた高台に隠居所を建てて這入った老人があった。その老人が私の舗の客になったのは隠居所に引越してから半歳ぐらい後のことであったが、はじめて私の舗へ顔剃に来た時、

「実はこの近所の床屋をかたっぱしから歩いて見たが、一軒としてわしの気に入るような仕事をする舗がない。出入の魚屋から訊いて君のところへ来たのだが、わしの鬚は却々こわいから気を付けてやって貰いたい」

斯ういうことを言ってくる客にかぎって、又直ぐ他所の舗へ出掛けて今度は自分の舗の悪口を言われるに決っていると思ったので、私は良い加減の返事で老人のなる程こわい鬚を剃った。

別に殊更丁寧な仕事をした訳ではなかったが、私の仕事が気にいったのか、それとも附近の同業者を悉く歩き廻って了って、これ以上遠くへ行く憶劫さからか、其の後続けて私の舗へ来る様になった。

余程綺麗好きと見えて、三日目三日目にはきちんきちんと顔剃に来るので、どこか虫の好かない老人であったが上客には違いなかった。

隠居所とは謂え可成広い邸宅であったから、土曜から日曜へ掛けて本宅の子供達が泊りがけで来ては、贅沢な料理を作らせて大変な騒ぎをすると出入の魚屋や肉屋が噂するのをよく聞いた。

何不自由のない羨ましい程の隠居暮しをしているようであったが、どうしたものか女中が永く居着かなかったので、世間ではそれを醜い噂にしたが、私は私の舗へ来た時の老人の気むずかしさから、それで女中も居着かないのだろう位に考えていた。

すると或る日顔剃に来た老人が、

「床やさん、しっかりした女中頭が一人欲しいのだが、何か心当りがないかね。床やさんという職業はいろんな人が出入りするから、ひょっとするといい人があるかも知れない——心掛けて置いて下さいよ」

あとを笑い濁して、——その代り、たんとお礼をするからね。帰り際だったと思う、私の肩をポンとたたいて老人は義歯の、揃いすぎた歯並を覗かせて、かるくそう言うのだった。

変なことを言う人だと思ったが、その頃母の知人に、おせいさんという五十四五の寡婦で永い間他家に奉公していたが、主人が台湾の方へ転任する為めに惜しまれ乍ら暇をとった人が恰度あそんでいたから、母に話して早速おせいさんを隠居所へ向けて見た。

隠居所には飯炊婆さんの他に女中が二人いた。鰥夫暮しの隠居一人に三人の雇人は多過ぎるように思うが、飯炊婆さんは空聾のやっと台所を動いているような人で、広い邸の拭き掃除だけでも女中一人では無理であったようだ。その上掃除したあとの障子の桟を指先でさすって、女中に示す程の老人であったから、日曜に本宅の子供達が集まる時など本宅の女中までが応援に来たそうである。

おせいさんは四日程で隠居所から暇を出されてきた。自分にも理由が判らないと、おせいさんも言っていたが、私は次の日見えた老人に、多少詰じる口調で暇を出した理由を訊いた。

「少し年寄りすぎるよ」

「だって、女中頭といえばあの位の齢は普通でしょう、しっかりした人だし申分ないと私は思ったんだがね――」

老人は、まああという手つきで私の肩をまたたき乍ら、君はまだ若いよ、というのであった。

あとでこのことを話してとんだフィガロの役を仰せつかったことに気付いたが、女中さんの世話位で、たんとお礼するというのは変だと思ったと、母も言っていた。そんなことがあってから、顔を剃りに来る老人の齢に似合わぬ白髪の少い禿てもいない髪や、気のせいか血色なども七十に近い老人のようではなく艶々として見えるのが私には何となく気にかかった。しかし老人はおせいさんを拒ったことを少しも気にとめてない様子で
「床やさんは雲丹を食べるかい、良かったら後で持たして寄越そう、九州から送らせたのだから美味いぞ」

以前から、他家からの到来物だとか、五六日顔を見せないと思うと温泉の土産だなどと、私の処へ何かしら持って来て呉れるのであったが、その使には又必ず、お千代さんという女中を寄越すのであった。

その時も雲丹を持ってお千代さんが来た。女中のよく変る隠居所でもこの娘だけは隠居所の建てられた当時から居着いているらしく、都会風に小綺麗ななりをしている

が、何処か田舎出の素朴さを忘れない十八九の美しい娘で、私には余り口をきかなかったが、母には時々隠居所の様子や本宅の人達の噂などして帰ることがあった。

亡くなる二ヶ月程前から、老人は急に脚が不自由になったと言って杖をついて来るようになったが、間もなく草履をはくのも自由でないらしく、その頃から必ずお千代さんが附添って来た。舗の靴脱に立ったままの老人の足元に蹲んで、やさしく草履を脱がすお千代さんの白い襟あしを私はそっとぬすみ見た。剃り終えて帰る老人に同じように草履をはかせるお千代さんの円い肩を、わざと力を入れてつかまる老人に嫉妬した。

十日ほど顔をみせないと思っていた老人が、急に亡くなったと報せに来たのもお千代さんであった。お千代さんが帰ると間もなく本宅の奥さまという人がはじめて私の舗へ来て、

「こちら様のお噂はよくお祖父さまから承って居りましたが——あの通り我儘な人でしたから、さぞご面倒をお掛けしましたことでしょう」

丁寧な挨拶をする未だ三十四五の品の良い夫人に応えて、母が、手前共こそ永い間ご贔屓を戴きまして——さぞお力落しのことと存じます、と悔みを述べると、

「実は厭なお願いにあがりましたのですが、——棺に入れます前に鬚を落して戴けま

せんでしょうか、そう申しましては何ですが、思い残すような何もないお祖父さまですが、御承知の通りの綺麗好で鬚の伸びて居りますことが、私共も何となく気掛りになりまして、――御無理をお願いに参りました」

と、云うのであった。私も厭とは云えなくなって、それではなるべく早い方が宜しいと存じますから、と答えて夫人を帰したが、内心厭で厭でたまらなかった。

私がなるべく早くと言ったのは、死後硬直の時が比較的剃り良く死体が軟化すると剃りにくいということを聞いていたからであった。棄てて来る心算りの剃刀を用意して、私が隠居所を訪ねた時には本宅の人達が来ているだけで、弔問の客らしい人の姿は見えなかった。

恰度お千代さんが玄関を掃除していたが、私を見ると顔を顰めて、わるいわね、という表情をしたが、私が

「奥さんに言って下さい」

というと、走るように先へあがって行った。間もなく五ツ位の男の子を連れた奥さんが出て来て、

「ほんとうにご迷惑ですわねえ」

奥さんに従って私は仏様の部屋へ通ったが其処ではご主人に紹介された。四十を過

ぎたばかりらしい肥った立派な人であったが、そこでも又丁寧な挨拶をされて少し恐縮した。

黒い経机の上には青磁の花瓶が置かれ、奥さんの好みか白ばかりの薔薇が盛られてあり、同じ青磁の香炉からはあまり匂いの高くない、それでいて良い香の煙が静かに長い糸をひいて燻っていた。

茶縁のまだ新しい畳の部屋が今し方取片附けられたらしく、死骸の足元に近い廊下の柱の蔭から便器を少し覗かせた新聞紙の覆いがみられた。

真新しい白の毛布を被せた老人は、斯んなに背が高かったかと疑う程長々と床の上に厚味のない死体となっていたが、合掌を組まされた細い腕の形も足の平を真直ぐに立てた指先の妙に尖った形も、薄い毛布の下で不気味な線を露骨にしていた。

死骸を逆さにみる位置で私が枕元に坐り、顔を蔽った白布に手をかけるのを躊躇していると、奥さんが座を滑って寄り、

「かわりましてよ――」

と、いって白布を除けた。

なにか古い土器のような乾ききった白さが先ず瞳にはいった瞬間、車の上で急停車を喰った時の、咄嗟のあの不安とも不快ともつかない血のさわぐ感覚で、私は最早落

着を失って了った。

人の顔を逆さに見ることに何の不思議も感じない職業の私も、この時ばかりは直ぐそれを意識するほど異様に、窪んだ眼孔の先に小鼻の落ちた繊い尖った鼻も、黒ずんで歪んだ唇も、義歯を除いた為に出来た特別な皺を眉毛にすれば、逆さそのままでまた顔にも見えてくることから、剃刀を持った手がふるえてくるのをどうすることも出来なかった。その時奥さんが、

「お水を持って参りましょうか」

と訊いたが、私はその方を振り向きもしないで、要りませんと答えた。死人の顔を剃るのに水をつけると却って剃り難いと聞いていた。

私は俄かに不器用な手付になって怯ず怯ずと剃りはじめたが、剃刀は時々皺につかえたり、硬い皮膚に滲み出している死後の脂の為めに上滑りするのを、身慄いに耐える思いで剃り返すのであったが、力を入れればまた容易く皮膚ごと削れそうな不安にも襲われるのだった。

二枚重ねの厚い床近く膝を寄せても、一尺近く先にある顔を剃るため、私は上半身を可成前屈みにしなければ手が届かなかった。半身を支える苦痛に背骨のところがすぐ疲れてくる。速く剃り終えたい一心にそれを我慢していると、ギクンギクンと腰の

辺に痙攣を起すのであった。

予期していながら、指を伝ってくる死人の冷さは、その指先から逆に自分の体温を吸いとられてゆくように感じられる。氷の冷さとは違う、指を離すと直ぐ指先から消えて頭の心に残る不気味な冷たさだった。

その時、――葬儀屋さんが見えましたが、――とお千代さんでないもう一人の女中が這入って来たので、奥さんは私に黙礼して出てゆかれた。

風のない部屋に沈滞した香の匂いの中で剃り落される鬚の音だけがする。そこへ、足音を忍ばせるような歩き方をして先刻玄関で逢った子供が這入ってきたが、私の顔と死人の顔を見較べて黙って立った。独りにされた不気味さを救われたように感じた私が思わず子供に微笑いかけると、子供も一寸微笑い返したが、それが悪戯のはげしそうな何んともいえない可愛らしい顔であった。子供は玩具の戦車を持っていて自慢そうに見せ乍らゼンマイを巻きはじめた。

私はその時、先刻から何気なくしていた聯想と子供の戦車とを、ふと思い合せて愕然とした。

死体の胸から脚へかけての白い起伏である。子供がそれに気付く、戦車を乗り越えさせるに恰度手頃と思う戦車の落込む溝もある、腹から胸へかけては高地になっている、ゼンマイの停止した戦車を子供は死体に跨って取ろうとする、戦車の何処かにひっかかったまま死体から毛布が剝がされる――。

　全身の憎悪をこめた眼でいきなり子供を睨みつけたので、子供は喫驚した顔で去ってしまった。

　私は神経の疲れだと思うと、妄想の馬鹿馬鹿しさに情なくなっていった。

　三十分程後、私は隠居所の風呂場にいた。いくども辞退したのであったが、床屋さんの為めに沸かしたのですからと言われて頂戴した。白タイル張りの低い湯槽に腰掛け乍ら、この家にまるで半日も居たような感じがしていた。

　後の杉戸がコツコツと鳴るので振返ると、三寸程開いた戸の隙間から黙って石鹼を出している白い手が見えた。そしてそれを受取り乍らお千代さんだなと思った。手先だけでどうして判るのか自分でも不思議であったが、間違っていないという自信が強く湧いた。

指輪

その朝一番に女の客があった。見るからに静澄な感じの婦人であった。舗に這入って来た時の動作や小型の布製のハンドバックを持っているのを見て、近隣の人ではないと思った。

こまかい絣を太柄にした紺上布の襟をかたく胸に合せてえりあしを深く剃れないことにもこの人の虔しい性格が窺われて快い感じを受け、えりあしをおつけしますか、眉は？　という私の問いに、何か考えごとでもしているのか少し間を置いて、どうぞ、剃りこまないで、という風に皓い歯並を少し覗かせて静かに応えるのであった。

剃刀に着いてくる石鹼の泡に僅か肌色の化粧品が滲んでくる程度の目立たない化粧をしているが、小麦色というのか美しい皮膚の人だと思った。

しかし、なかば剃りかけた時、婦人の皮膚が何んとなく荒れているのに気付いて、それが、使い馴れた石鹸を俄に変えた場合などによくあることなので、お追従からではなく石鹸のことを訊いてみると、暫く考えている様子の後、寝不足勝なものですから――、と小声で応え、そう言って了って相手に気付いたという表情が動くと、婦人は少し顔を赧らめるのであった。そして私も、なんとなく赧くなった。

蒸しタオルで拭いただけでは石鹸分の落きらない懸念から、洗面所で顔を洗って貰うことにしてぬるま湯をとった。そして、つつましく顔を洗っている婦人の後姿を見るともなく私は椅子の傍にひかえていると、弟子の出したタオルを受け乍ら戻った婦人は椅子に掛けようとせず、客待に置いた手提をとって、一寸鏡をお借りしましてよとはにかんだ様な微笑を浮べ、一つ二つの化粧品を取りだすと手早く簡潔な化粧をはじめた。一目で判るウビガンの口紅を点じた唇も繊い指先が少し動いただけで、濡れるように美しく染まっていった。

婦人が帰ったあと暫くして、洗面所に指輪を置忘れていったのに気付いて騒ぎだしたが、指輪が家人の掌から掌に渡され眺められている間に、私は、そう云えば、先刻顔を洗っているとき二三度洗面器の縁にあたった何かカチカチと硬い響を思い出し、その為めに指輪を抜いたまま置忘れたのだろうと頷けたのであったが、女の指から指輪の容易に抜ける、そのことに、婦人のどこか佗しい生活の影が感じられて、寝不足勝なものですから——、と言った言葉がそのひそかな嘆きであったに違いないと思うのであった。

濃い紫の平凡な型の指輪であったが、先方で取りに来るのを待つより仕方がなかった。二十日程待っても見えないので、ある日近所の質屋の主人が来た時それとなく鑑定させると、宝石の良し悪しははっきり判らないが台がプラチナだから安物ではないだろうと言った。私は婦人を待ち乍らもその宝石の名が知りたく、そして婦人の為めに素晴しく高価な品であって呉れるように祈りたい気になるのであった。

少年

石川桂郎

旧藩主邸の大広間で、養子縁組みの見合いの宴が行われた。

急場のことで紋服の持ち合せがない婿のD氏は、卒業後間もない帝大の制服姿のまま、数少ない親戚と二、三の学友に囲まれて床ノ間を背に坐っていた。タバコをぷかぷか喫い、友だちと雑談を交わし、どうにも間のもてない恰好である。

二十貫ちかい体軀の眉の濃い美青年で、その巨きな軀を自分自身もてあつかいかねる様子が、学生生活からまだ抜けきれない、朴訥な清潔な印象を相手方の人人に与えたようである。

「おい、将来の女房の顔をよく見て置け、何をそんなに照れているんだ……」

「なかなかシャンだな、お前にはもったいないな……」

D氏の耳もとで学友が囁く。

遠く下座に並んだ柏家の人達は、揃いもそろったといった感じで、礼装に威儀を正した紳士淑女が膝をつらね、中央に文金高島田、あでやかな衣裳を纏った当の娘が、そこだけへひとり灯を集めたように坐っていた。伏し目がちに——という言葉とはおよそ逆に、婿にえらばれるD氏を、いっそあどけない表情で正視し、宙に泛いた視線をD氏の友達へ移している。

朱塗の高膳が運ばれ、D氏はさされるまま幾らでも酒を飲み、遠慮なくお膳のものに箸をつけたが、それを遠く眺め見た娘が思わず箸を取ろうとして、橋渡し役の、隣席の婦人に袖ひかれるのをD氏の学友の一人が見つけると、その青年は思わず噴き出しそうになった。名門の娘の育ちの良さ、ものに臆せぬ美徳と解して、彼は親友の花嫁になる人に好意を寄せたからであった。

代代尾張某藩の家老職をつとめてきた相手の家は裕福であったし、遠目ながら娘も美しい顔だちをしていた。だからD氏に異存はなく、とんとん拍子に縁談が纏まると、やや不自然なほど短時日のうちに結婚式が行われ、そうしてその夜二人になった時、はじめてD氏は花嫁が白痴であるのを知ったのである。

けれどもD氏は思うところがあって、そのまま柏家にとどまった、いや居坐った——と言った方がいいかも知れない。

三年目に白痴の夫人が病死すると、その妹があとに直り、はじめて子供が出来た。

次次に三人の子持ちになった。

白痴の花嫁をこの誌上に晒け出して、初夜の描写を私流に創作するのは、さして困難な仕事ではない。が、それを思いとどまったのは、かえってこの場合の真実性から話がそれそうな危惧を感じたからであった。

後年（昭和十七年頃か？）友人の松田の紹介で柏一家の親子と識りあい、一家心中のあと、五個の骨壺を枕元にして一夜を明かしたとき、傍に寝ていた松田が、前後の連絡もなくぽつんと呟いた言葉だったからである。

前途の希望にもえた帝大卒業の学士様が、偽られて白痴娘の婿になった――という衝撃。松田は、柏氏がその結婚の日から肚を決めていた、計画された一家心中だと言い、その時私は齢も若かったが、正直そんなものかなと松田の言い分を疑いもしなかった。


確かな記憶はないけれども、昭和十七年の一月末だったと思う、大垣在の実家に居た松田からのハガキ一枚の紹介で、私は上京して来た柏氏に宿泊先の帝国ホテルの一室で会った。縫い紋の羽織袴、白足袋に草履ばきの姿がやがて食事どきのきた食堂、外国人の多い明るい卓子の中で自然人目をひき、そういう場所に馴れない私にはひどく印象的だった。四十五、六と思われる柏氏と、十ちかく齢下の夫人、それに小学校の五年生の長女と次女が一緒に食卓を囲んだが、七歳になる長男は風邪気味で寝ているといって、私はその時顔を見る機会もなかった。

郷里の地所屋敷を整理した上で、いずれ東京に住居を新築するつもりだけれども、それまでの間、閑静な郊外に借家をみつけて貰いたい、部屋数は最少七、八間ぐらい、風呂場付きで狭くとも庭がほしいという条件だった。

カプスタン・ネビキャットだったかスリーキャッスルだったか五缶ほど貰って、その夜家に帰ったが、自分でさがすのが億劫で、私の店の客である周旋屋にまかせると、四、五日して目蒲線の洗足池近くにどうやら先方の希望にちかい貸家があって、やがて柏氏達はホテルをひきあげると其処へ移って行った。

その年の二月のはじめ柏氏が洗足に移ってから、九月三日軽井沢で一家五人心中をとげるまで、私は幾度その柏邸を訪ねたか、見てくれはいいが、最初っから貸家が目的で建てたその家は、文化住宅風の低い塀をめぐらした観音びらきの門、門から玄関までの植込みは綺麗に刈りこまれて、杉柱に支えられた数寄屋風な深い玄関の簷は美しかった。洋間が一ツ、あとはすべて日本間だったが、その日本間のうち二タ部屋を知ったのは、心中行の留守番に毎夜、三田から洗足池まで通った八月の末からの十日間だったのである。軽井沢方面へ発つ寸前、大工を入れて残りの五部屋に新たに鍵を作らせた跡が歴然としているのを見て、私はすぐにも留守居役を断わろうとしたが、神津牧場にて、星野温泉よりといった旅便りが来るだけで、手紙を出す宛先がかいもくわからなかった。

「ひとを馬鹿にしてやがる。留守番を頼む俺が信用できなくて鍵なんか作りやがるなら、空家にして出ればいいんだ……」

床屋の閉店が十時、すぐに着物に着替えて国電、目蒲線に乗り換え、駅から柏邸までの歩く時間を入れると約小一時間かかった。ガス風呂に火をつけ、湯上りの団扇をつかっていると、駅前の仕出し屋から料理が届く。毎夜のことで、その仕出し屋の若い衆が、一緒に冷蔵庫の氷を三貫目ほど持って来るのだ。ビールが冷えている、洋間の棚にはウイスキーもある。勝手に飲み度いだけ飲んでくれと旅立つ時柏氏が言って出て行った。そろそろもう我我の手では上等のウイスキーなど自由に手に這入らぬ時代であったが、柏氏が東京へ移るについて、名古屋の明治屋から東京店へ宛てて、永年の特別のご贔屓筋である柏家には出来得る限りのサービスをするようと添え状があった、という話で、事実サントリーの角瓶がダース箱で届いていた。

なかば闇料理にちかい毎夜の仕出しも考えてみると大袈裟で無駄な話だった、というより、後で考えれば話の筋が通らなかった。時世が時世なら何も別段驚くほどの料理ではないにしても、海老のあとは鶏、魚に続く鮑と毎夜の献立につかう仕出し屋の神経も物に不自由な時だけに並たいていではなく、柏氏の度はずれた贅沢さが、床屋ふぜいの私にもわかった。どうしたものか、最初帝国ホテルの部屋で会った時から、私には妙な一種の勘にちかい警戒心が胸の奥にこびりついて、それが客商売のすれっからし根性、貧乏人のひがみそねみと自分ながら識る一方、どうも臭い、俺の見る眼に狂いはないぞといった、正面切ってつきあえない暗さのようなもの、疑いのようなものが走るのをどうすることも出来なかった。

月に二度の床屋の休日には、きまって自動車で迎えに来る。平日には閉店の十時を待って銀座あたりの料理屋を歩き廻る。私の店の客筋に当る銀行の重役や土建屋の社長の紹介で新橋、赤坂、柳橋の待合で二人で遊ぶといった調子だが、柏氏には定職というものが無かった。のんべんだらりと、ただ遊び暮しているのであった。

私の長男が満一歳、石塚友二、石田波郷の二人を識って、私は俳句よりもその文学的雰囲気のたのしさに浮き足立っていた時代である。床屋の休日ごとに訪ねて来て、ほとんど一日をつぶされる柏氏のお相手役が、だから正直いって私には迷惑だった。渋谷神宮通りの石塚氏の沙羅書店、一高前の波郷さんのアパートを、何んとか理屈づけては、柏氏と別れて両氏を尋ねるといった具合だった。

　どういうわけか自宅に招きたがらない柏邸をそれでも私は五、六度訪ねたことがあった。門から玄関までの植込みに合歓の木があった、泰山木があった。その錆びた泰山木の落ち花を嫌って、柏氏は奥さんにうるさく棄てさせていた。私はいま、こうしてペンを持ちながら、十七、八年前の柏家の人達の面影を思い泛かべようとしているが、不思議なことに二人の少女、夫人、いや柏氏の風貌すら正確には思い出せないのである。そうしておかしなことに、二度、しかも一瞬の間に連れ去られ、袖の下に隠された七歳の長男の顔だちだけが、私の眼底に今も焼け付いたように残っている。

　一度は植込みの合歓の木の下で、姉達とマリ投げをしている時、もう一度は不意に訪ねた玄関の三和土に立っている少年を見たのであるが、姉達も母親も言い合せたように、見られてはいけないものを隠す手つきで、狼狽てて少年を連れ去った。

　色の白い髪の毛の濃い眼鼻だちのととのった美しい少年であった。母や姉達の袖の陰から、いっしょうけんめい私の方を見ようと振り返る、あどけない表情が私の脳裡から消えなかった。

　或る日速達が来て、私は店を職人に任せ夕方から柏家を訪ねると、玄関の土間に拍車のついた黒の長靴が揃えられ、洋間にいま出したばかりの陸軍中尉の軍服が吊されていて、何時召集があるかわからない別れの宴に私を招いたのだということだった。柏氏と夫人、姉と妹娘それに私の五人が卓子を囲み、わざわざ東京会館から呼んだコックが作っている西洋料理をご馳走になったが、その時も別室にいる筈の少年はついに姿を見せなかった。そういえば柏氏の暮しむきから、当然一人ぐらい使うのが当り前な女中を置かなかったのも、後になって思い合せると不思議だった。しかも何時召集があるかも知れないから、先立って送別の宴を催すというのも腑におちぬ話だったけれども、実は私自身同じ立場にある、半分やけっぱちな酒にぐんぐん酔って、そんなところまで詮索する余裕がなかったのである。

底無しに酒に強い柏氏も、その夜は珍しく酔って、こんなことを言った。

「郷里には何んだかんだ古いがらくたがまだまだありますが、いま手もとにある品で二ツだけ自慢の出来るものがあります。それはそこにある軍刀と、あの洋画の少女図です。刀はこれの（と夫人を指して）家に伝わったもので現に国宝に指定されていますが」

刀の銘も聞いたし、フランスの画家の名も教えられたが、いま全く記憶にない。

長女が美術学校志望で、それをかなえさせたいため、郷里を捨てて上京したのだというのが、柏氏の上京の言い分だった。そうして私も、そんなものかと柏氏の言葉を馬鹿正直に鵜呑みに信じていた。

八月の中旬だったと思う、子供達を涼しいところへ連れて行くのと、長女が浅間山を写生したいと言うので軽井沢辺を一週間ほど歩いて来る、その間申訳ないが留守居を頼むと言って、私に玄関の鍵をあずけたまま親子五人旅立って行った。そうして前述のごとく星野温泉から一枚、神津牧場から牛乳風呂を子供達が珍しがったという便りがあって、私は部屋に新しくしつらえられた鍵の不愉快さに、じりじりしながら一週間が十日に延び、十二日に延びる彼等の旅帰りを心待ちにしていたのであった。私は自分に当てがわれた寝室と酒のある洋間と台所を行き来して、ちょうど半月留守居を続けた。

十五日目の夜、私は柏邸の玄関の鍵を開け旅便りでも来ていないかと三和土を見たが、ハガキ一枚落ちてなかった。昼間閉め切った家の中はむっとするほど暑い。私はいそいで寝間の雨戸を開け、洋間の硝子窓をひらくと、冷蔵庫のビールを持ち出して飲んだ。暑さと喉のかわきに、はじめの一本は味がわからないくらいであった。

裏木戸の鈴が鳴り、勝手口の戸の開く音がした。仕出し屋が来たのだ。いつもの若い衆ではなく、主人らしい年配の男が、おかもちと縄でしばった氷を提げて立った。

「ご苦労さんです……」

「へい、毎度ご贔屓になりまして……」

と言葉を切って、

「それはそうと、こちらさんではお気の毒なことをしましたねえ。どんなご事情があったか存じませんが、あんな可愛いお嬢ちゃん方も一緒なんて……」

「えッ何か、何かあったんですか?」

「じゃァご存知ないんで。新聞に、今朝の朝刊に、軽井沢の空き別荘で五人心中なすったって……」

「………」

返事が声にならなかった。朝刊は私も読んでいたがその記事を見落したのか、私はすぐその足で仕出し屋と一緒に彼の店へ新聞を見に駆け出し、店先で三面のすみに一家五人心中の記事を読んだ。遺書があって住所氏名がわかり、服毒死と出ていた。仕立ておろしの白装束で、北枕に並んだ母と子の哀れな姿――とも書かれていた。すぐに仕出し屋の若い衆に電報を頼んだ。松田へ打つより一人の知人もなかった。

ところが柏邸へ帰ると玄関の前に、松田と顔を知らぬ二人の男が私の帰りを待って立っていた。星野温泉から松田宛遺書が送られていたという。はじめは冗談と思ったが、石川氏にはどうしても書けなかった、詫び状を別封で書き残してあるから遺体引取りの時それを石川氏に間違いなく手渡して貰いたいとあった。

　翌朝、三人は軽井沢へ発って行った。一緒に行ってくれと言われたが、それは断わった。五体の屍骸など、私には後片付けする勇気などなかった。

　翌翌日、松田達は五つの骨壺を持って帰って来た。小さい子供のが三個、父母のと机の上に並べ、供華を飾り香をたいてその夜私は松田と二人でお骨の前で寝た。

　そうしてその時、冒頭に掲げた柏氏と白痴の娘の結婚の話を、はじめて松田から聞かされたのであった。

「一生遊び暮して、柏家の財産を無一物にした時、あの男は自殺するつもりだった。初夜に、そのことを決意してそれを押し通したんだよ……」

「莫迦なことを言うな。軽井沢で一緒に死んだ女房が、その最初の白痴だというなら解る。死んだのは妹じゃないか、しかも子供が三人も居て、それを道連れにするのはどういう肚だ。君の話を聞いていると、君自身言いたくない言葉が匿されている。言ってやろうか、復讐だ。ふざけちゃいけねえ、まきぞえを喰った子供達はどうなるのだ……」

「いや石川、お前にも話せない理由があるのだよ。屍体の傍にお前宛の遺書もあった。

が、それは親戚の者が、見て貰わないですませる方法を取るだろうし、俺も子供達のためにお前に読んで貰いたくないのだ……」

近所づきあいのなかった柏家の葬儀は、寂しく簡単にすんだ。ほんとうか嘘か知らぬが弁護士という男が、遺書など見たくない——という一書を入れさせて私の爪印を取った。

葬儀万端、仕出し屋ほか近所の支払いをすませた後、当時の金で三千円余残金があり、遺書にあったという私への形見の品、単衣の羽織、着物、長襦袢、スネーク・ウッドのステッキなど松田から渡されたが、その一度も手を通していない羽織は、間もなく千葉の伊丹丈蘭氏に送ってモンぺに仕立てて頂いた。

今私の脳裡に柏夫妻も娘達もない。泰山木も合歓の木もない、が、二度が二度姉や夫人の袖の陰にかくされた少年の色白の面だちだけが、謎のように残っている。

第三部

カルメン

芥川龍之介

芥川龍之介《あくたがわりゅうのすけ》

一八九二―一九二七

東京生まれ。小説家。東京帝国大学英文学科卒業。第三次・第四次『新思潮』同人。一九一五年に「羅生門」を、一六年に「鼻」「芋粥」を発表。夏目漱石に認められて作家として登場した。芸術主義と個人主義を基調として展開された、大正文学の代表的作家。二七年、睡眠薬を大量に飲み、自殺。代表作に『羅生門』『地獄変』『河童』『侏儒の言葉』『歯車』『或阿呆の一生』など。

革命前《ぜん》だったか、革命後だったか、――いや、あれは革命前ではない。なぜまた革命前ではないかと言えば、僕は当時小耳《こみみ》に挟《はさ》んだダンチェンコの洒落《しやれ》を覚えているからである。

ある蒸し暑い雨《あま》もよいの夜《よ》、舞台監督のT君は、帝劇《ていげき》の露台《バルコニー》に佇《たたず》みながら、炭酸《たんさん》水《すい》のコップを片手に詩人のダンチェンコと話していた。あの亜麻色《あまいろ》の髪の毛をした盲《もう》目《もく》詩人のダンチェンコとである。

「これもやっぱり時勢ですね。はるばる露西亜《ロシア》のグランド・オペラが日本の東京へやって来ると言うのは。」

「それはボルシェヴィッキはカゲキ派ですから。」

この問答のあったのは確か初日から五日目《いつか》の晩、――カルメンが舞台へ登った晩である。僕はカルメンに扮《ふん》するはずのイイナ・ブルスカアヤに夢中になっていた。イイナは目の大きい、小鼻の張った、肉感の強い女である。僕は勿論カルメンに扮《ふん》するイイナを観《み》ることを楽しみにしていた、が、第一幕が上ったのを見ると、カルメンに扮したのはイイナではない。水色の目をした、鼻の高い、何《なん》とか云う貧相《ひんそう》な女優である。僕はT君と同じボックスにタキシイドの胸を並べながら、落胆《らくたん》しない訣《わけ》には行かなかった。

「カルメンは僕等のイイナじゃないね。」

「イイナは今夜は休みだそうだ。その原因がまた頗《すこぶ》るロマンティックでね。——」

「どうしたんだ？」

「何とか云う旧帝国の侯爵《こうしやく》が一人、イイナのあとを追っかけて来てね、おととい東京へ着いたんだそうだ。ところがイイナはいつのまにか亜米利加《アメリカ》人の商人の世話になっている。そいつを見た侯爵は絶望したんだね、ゆうべホテルの自分の部屋で首を縊《くく》って死んじまったんだそうだ。」

僕はこの話を聞いているうちに、ある場景《じようけい》を思い出した。それは夜《よ》の更《ふ》けたホテルの一室に大勢《おおぜい》の男女《なんによ》に囲《かこ》まれたまま、トランプを弄《もてあそ》んでいるイイナである。黒と赤との着物を着たイイナはジプシイ占《うらな》いをしていると見え、T君にほほ笑《え》みかけながら、「今度はあなたの運《うん》を見て上げましょう」と言った。（あるいは言ったのだと云うことである。ダア以外の露西亜《ロシア》語を知らない僕は勿論十二箇国の言葉に通じたT君に翻訳して貰うほかはない。）それからトランプをまくって見た後《のち》、「あなたはあの人よりも幸福ですよ。あなたの愛する人と結婚出来ます」と言った。あの人と云うのはイイナの側に誰かと話していた露西亜《ロシア》人である。僕は不幸にも「あの人」の顔だの服装だのを覚えていない。わずかに僕が覚えているのは胸に挿《さ》していた石竹《せきちく》だけである。イイナの愛を失ったために首を縊《くく》って死んだと云うのはあの晩の「あの人」ではなかったであろうか？……

「それじゃ今夜は出ないはずだ。」

「好《い》い加減に外へ出て一杯《いっぱい》やるか？」

T君も勿論イイナ党である。

「まあ、もう一幕見て行こうじゃないか？」

僕等がダンチェンコと話したりしたのは恐らくはこの幕合《まくあ》いだったのであろう。

次の幕も僕等には退屈だった。しかし僕等が席についてまだ五分とたたないうちに外国人が五六人ちょうど僕等の正面に当る向う側のボックスへはいって来た。しかも彼等のまっ先に立ったのは紛《まぎ》れもないイイナ・ブルスカアヤである。イイナはボックスの一番前に坐り、孔雀《くじやく》の羽根の扇を使いながら、悠々と舞台を眺め出した。のみならず同伴の外国人の男女《なんにょ》と（その中には必ず彼女の檀那《だんな》の亜米利加人も交《まじ》っていたのであろう。）愉快そうに笑ったり話したりし出した。

「イイナだね。」

「うん、イイナだ。」

僕等はとうとう最後の幕まで、――カルメンの死骸《しがい》を擁《よう》したホセが、「カルメン！カルメン！」と慟哭《どうこく》するまで僕等のボックスを離れなかった。それは勿論舞台よりもイイナ・ブルスカアヤを見ていたためである。この男を殺したことを何とも思っていないらしい露西亜のカルメンを見ていたためである。

× × ×

それから二三日たったある晩、僕はあるレストランの隅にT君とテエブルを囲んでいた。

「君はイイナがあの晩以来、確か左の薬指《くすりゆび》に繃帯《ほうたい》していたのに気がついているかい？」

「そう云えば繃帯していたようだね。」

「イイナはあの晩ホテルへ帰ると、……」

「駄目《だめ》だよ、君、それを飲んじゃ。」

僕はT君に注意した。薄い光のさしたグラスの中にはまだ小さい黄金虫《こがねむし》が一匹、仰《あお》向《む》けになってもがいていた。T君は白葡萄酒《しろぶどうしゅ》を床《ゆか》へこぼし、妙な顔をしてつけ加えた。

「皿を壁へ叩きつけてね、そのまた欠片《かけら》をカスタネットの代りにしてね、指から血の出るのもかまわずにね、……」

「カルメンのように踊ったのかい？」

そこへ僕等の興奮とは全然つり合わない顔をした、頭の白い給仕が一人、静に鮭《さけ》の皿を運んで来た。……

イヅク川

志賀直哉

志賀直哉《しがなおや》

一八八三―一九七一

宮城県生まれ。小説家。東京帝国大学中退。一九一〇年、武者小路実篤らと『白樺』を創刊。父親との確執により家を出て尾道、松江、奈良などを転々とした。父親との和解後の一七年、『城の崎にて』『和解』などを発表、大正期の代表的な作家となる。三七年、唯一の長篇『暗夜行路』を完成。その他の作品に『小僧の神様』『雨蛙』『灰色の月』などがある。四一年芸術院会員。四九年文化勲章。

雨降り挙句のようでもないが道が濡れて居る。近道をするつもりで道から右へ小さな草原《くさはら》へ入ると、踏む毎にジュクジュクと水が枯草や芥ににじむ。藪枯《やぶからし》のからまった低い竹垣の一所が始終通り抜けられるか、押しひろげられてある。其所《そこ》をまたいで入ると樫の木の林だ。林をぬけて又道に出た。

自分は会いたい人があって、此丘を越す方が近いと思って歩いて居る。

間もなく大きな池のふちへ出た。澄んだ水を一ぱいにたたえて居る。底の水草《みずくさ》の蔭に小魚の動くのが見える。これがイヅク川だな、と思う。右は丘の側面で、遥か下の方に、薄靄の中に淡《うす》くぼーッと町の家並《やなみ》が見える。会いたい人は其所に居るのだ。成程もう直《じ》きだと思う。

池は浅いが広くて、水が歩いて居る足元と殆ど同じ高さまでたたえてある。池の彼方《むこう》に杉の森が頭だけを見せて居る。如何にも平和な景色である。白鷺のようで嘴のそれ程尖って居ない鳥が池の中の所々《ところどころ》に立って居る。イヅク鳥と云うのはこれだなと思う。皆眠って居る。

此所で自分は或知人とすれ違った。挨拶をして直ぐ別れたが、暫くして振り返ったら彼方《むこう》の角の藪かげから一寸顔を出して笑って居た。

夢はさめた。さめても此夢から受けた美しい感じが頭に漾《ただよ》っていて、かなり明かに其景色を想い浮べる事が出来た。自分は静かにそれを繰り返して見た。そして、イヅク川、イヅク鳥と云う名を想った時に、川と云ったのが池で、鳥と云ったのが白い鳥であった事を考えて興味を感じた。イヅクは何処《いずこ》のなまりで、それも面白く思った。

知人は元、同じ学校に居た、海江田《かいえだ》のようでもあり、豊次《とよじ》のようでもあった。後《あと》から顔を出して笑って居たのは確に豊次だった。して見るとすれ違った時は其人は海江田だったらしい。

会いたいと思った人は思い出せなかった。

亀鳴くや

内田百閒

内田百閒《うちだひやっけん》

一八八九―一九七一

岡山県生まれ。小説家、随筆家。東京帝国大学独文科入学後、私淑していた夏目漱石門下となる。一九二〇年法政大学教授。漱石の『夢十夜』を継承発展させた『冥途』で文壇に登場。独特のユーモアと風刺にとむ『百鬼園随筆』で多数の読者を獲得した。他に、紀行『阿房列車』シリーズ、日記『東京焼盡』などがある。

一

三崎の海辺《うみべ》の崖の上のお寺に、いつぞやの大火の時、狭間《はざま》になった石垣と石垣の間の所で海風にあおられて千切《ちぎ》れた焰が、飛びついたので炎上《えんじょう》した。本堂が大きな火の玉になって、燃えながら崖から海の中にころがり落ちた。赤く染まった浪が黒い崖に打ち寄せて砕けている。

その景色を見たわけではないのに、何度でも私の脳裏にありありと映った。三崎へ行ったのは後にも先にもたった一度きりで、そのお寺の一室を借りて転地療養をしていた友人が喀血した時、すぐに来てくれと云う電報で馳けつけたのである。

行った時は喀血はおさまっていたが、友人はひどくしょげて青い顔をして目ばかり光らせていた。翌日そのお寺から茅ヶ崎の病院へ移る事にきめたので、私も一緒について行く事にして、その晩はお寺へ泊まった。夕方になると、びっくりする様な綺麗な娘さんがお膳を運んで来た。お寺でも普通の生臭《なまぐさ》の御馳走で、鮑《あわび》の吸物が載っていた。

お膳の出る前に、友人が酒を飲むかと聞くから飲むと云ったので、お銚子も添えてあった。美人のお酌で一盞傾けて、友人の肺病もそう心配する事はない様な気持になった。あれはどう云う美人だと尋ねると、このお寺の娘さんだと云った。その時は秋であったが、夏の内、一高の生徒や大学生が水泳の合宿練習に来て、このお寺へも泊まる。そう云う連中の間にここの娘さんは有名であって、年年夏になるのを待ち兼ねて顔を見にやって来ると云うのであった。

それだけの話で、あくる日お寺を引き上げて茅ヶ崎に移ってから、友人は病床でその娘さんの面影を瞼にえがいたかどうだか知らないが、私は綺麗だったと云う記憶だけで、間もなくその顔貌《かおかたち》も忘れてしまった。それがどう云うわけだかその年の冬、新聞で三崎大火の記事を読んだ時、いきなりお寺が焼ける光景を想像し、お寺が燄の塊りになって暗い海へ落ちたと云うのは、娘さんの袖に火がついたのをそう云う風に思うのだと云う事を考えかけては自分で打ち消した。あの当時の芥川龍之介の事を思うと、すぐに三崎のお寺の火事の燄が頭の中でちらちらする。

二

田端の芥川龍之介君の家の二階には、梯子段が二つついていた様である。高みになった所に建った屋敷構えの大きな家であったが、二階は一間しかなかったのではないかと思う。或は私の知らない裏の方にまだ二階の部屋があったのかも知れないけれど、庭の外から見上げた所では、いつも通される一部屋だけの様に思われた。

そこが芥川君の書斎で、又よく客を通した。私などが請じられて梯子段を上がって行くと、硝子戸の内側の廊下に出る。その右側が書斎である。廊下の先にもう一つ、向うへ降りて行く別の梯子段がある事は知らなかった。私は一度もその梯子段を上り下りした事はない。

芥川は、こちらから何を話しても、聞いてはいるらしいが、向うの云う事はべろべろで、舌が動かないのか、縺れているのか、云う事が中中解らない。どうしたのだと尋ねると、昨夜薬をのみ過ぎたのだと云う。そんな事をしてはいけないだろうと云えば、それは勿論いけないけれど、そんな事を云うなら、君だってお酒を飲んで酔っ払うだろう、などと云って、そう云ったかと思うと、人の前で首を垂れて、眠ってしまう。

仕方がないから、様子を見ながらじっと坐っていると、又目をさまして、やあ失敬、失敬。つい眠ってしまった。だって君、そりゃ実に眠いんだぜと云って、少し笑った様な顔になったりする。

私は何しに来たのか、何か頼み事があったのか忘れたけれど、対坐していても埒があかないので、もう帰ろうと思った。失敬すると云って、起ち上がりかけて気がついたのだが、帰りの電車賃の小銭がない。いい工合にそれを思い出した。その時はお金がなくて、電車賃もなかったと云うのではなかったと思う。蟇口にいくらか持ってはいた様だが、何か来る時の首尾で、帰りには小銭を用意しなければならぬと思ったのを思い出したのである。

その時分の電車賃は五銭であったか、七銭であったか忘れたけれど、ゴールデン・バットの十本入りが五銭だったのが六銭に値上げしたのを、バットの愛用者であった芥川が気にして、バットは五銭でなければバットの様な気がしない、ねえ君そうだろうと云ったのを思い出す。だから電車賃も大体その見当だったに違いない。

僕はもう帰るけれど、帰りの電車賃の小銭がないと云うと、よろしい、一寸待ちたまえと云って、ふらふらと起ち上がった。前にのめりやしないかと、こちらがはらはらした。よろよろした足取りで歩き出して、私がさっき上がって来た梯子段を降りて行った。

もう帰りかけていたので、私も起ち上がり廊下に出て、庭を見下ろしたり、向うの空を眺めたりしていたが、中中戻って来ない。下へ降りて来いと云うつもりなのか知らと考えているところへ、廊下の向うの端にあるもう一つの方の梯子段から、影が揺れる様な恰好でゆらゆらと上がって来た。夏の事で単衣物《ひとえもの》を著ていたが、その裾をはだけて脛《すね》を出し、そこに起ち止まったが一寸も静止しないで前後左右に揺れている。そうして私の前に両手を出した。両手の手の平をつなげて、その上に銀貨や銅貨を取り混ぜた小銭を盛り上がる程載せている。丁度米櫃《こめびつ》から両手に山盛りお米を掬《すく》って来たと云う様な恰好である。

その手を私の方へ差し出した儘、芥川自身も感心した様な顔をして眺めている。どうしてそんなに沢山持って来たの、と聞くと、蟇口を開けてうつしたら、こんなにあったのだよ。僕はこの中から摘む事が出来ないから、君取ってくれたまえと云った。

芥川の手の平から十銭玉を一つ貰って、手に持った儘、左様ならをした。芥川は一足書斎に這入って、黒檀の机の上で両手を開いたから、小銭がちゃらちゃらと散らかって、机から落ちたのはそこいらを転がった。

外へ出てからもその十銭玉を手に持っていて、電車通へ出て電車に乗り、切符を買って車掌に払った。

その時分、私は自分の家を出て、一人で早稲田の終点近くの下宿屋に息を殺していた頃であったが、下宿屋には電話があったので、十銭玉の一日二日後に芥川君が自殺したと云う知らせを電話で受けた。

三

私は山高帽子が好きで、何所へ行くにも山高帽子をかぶって出掛けた。仕舞には詰襟の洋服を著て山高帽子をかぶっていたので、今から考えると少しはおかしかったかも知れない。しかし自分ではそうも思わなかった様である。だから平気でその恰好で人を訪ねたりした。それがどう云うものか、芥川には非常に気になったらしく、人の顔を見るといつでも、君はこわいよ、こわいよと云った。

二階の書斎に通されたが、主人の芥川はそこにいなかった。待っている内に、又後から来た客があって、二階へ上がって来た。三人連れでその中の二人は女である。知らない顔ではあるし、そこいらが混雑して来たから、私はその人達に一寸会釈だけしておいて、座敷の奥へ這入り、机が置いてある所よりまだ奥の本棚の陰になった壁際で、壁に靠れてじっとしていた。

大分たってから芥川が上がって来た。まだ元気のいい時で、そこにいる三人のお客に愛想よく話しかけている。面白そうな話しの調子を聞きながら、黙っていたけれど、その内に何か口を切るきっかけがあって、私はその壁際から、ねえ芥川君と云った。

途端に、坐ったなり飛び上がった様な恰好をした。

「あっ、驚いた」

大業《おおぎよう》な声を立てて、しかし真剣な顔つきでこっちを見た。

「ああ驚いた。こわいよ君。そんな暗い所に黙ってしゃがんでいては」

「しゃがんでいやしないけれど、だって僕は前からいるよ」

「それ、それ、それがこわいんだ、君。だまってるんだもの」

「差し控えてたんだ」

「真黒い洋服を著て、そんな暗い所で差し控えてなんかいられては、ねえ君、こわいよ。こわいだろう」今度は三人の客の方へ向いた。

その後は馬鹿にはしゃいで、無闇に論じたり弁じたりした。相手になって、ついて行かれない様な気勢で、口に唾を溜めて一人でしゃべり続けた。

どうも勝手が違う様な気がして、しかし別に用事もなかったので、三人の客より先に帰って来たが、芥川の身のまわりが何となくもやもやしている様で気味が悪い。

四

五月の初めの八十八夜の頃に芥川を訪ねようと思って出かけた事がある。どう云う道順を取って迷ったのか解らないが、知らない原っぱに出て、どっちへ行っていいのか解らなくなった。

夕方を早くして出かけたのだが、いつ迄たっても日が暮れない。まだ原の地面に青味を帯びた明かりが残っている。何所にでも草が萌え出る時候なのに、どう云うわけだか原っぱ一面の裸土で、ただ真中辺りに亭亭とした大きな樹が一本、夕空の中に聳え立っている。足許は明かるいけれど、見上げた大木の頂は暗い。私は段段に息苦しくなって、胸先《むなさき》が締めつけられる様で、なんにもない所に起っているのが不安になった。大木の根もとへ行って幹にもたれ、どうしようかと思った。

原の外れにある家並みの屋根の向うに丘らしい影が見える。芥川の家のある見当に違いない。原を突っ切って、そっちの方へ出られそうな道を探せばいいと思うけれど、そう思った方へ歩き出す事が出来ない。じっと起っていても胸苦《むなぐる》しいのだが、そっちへ行こうと思うと、なお一層不安になる。

暫らく起ち竦んでいる内に、到頭日が暮れて原っぱが大きな闇の塊りになった。向うの家並みの間から洩れる明かりが点点と鋭く光り出した。光りの筋が真直ぐに私の目に飛んで来て、相図をしている様に思われる。不安で無気味で、こうしてはいられない。

到頭思い切って、田端の近くまで行ったのに思い止《とど》まり、その儘引き返して来た。あきらめて帰ろうとしたら、どこかで何だか鳴いている。曖昧で遠くて何の鳴き声かわからない。暗くなってから、急に辺りが暖かい様な気がし出した。帰ろうと思って歩き出したら、さっき程息苦しくはない。

五

芥川の親しくしている友人の頭が変になって、その筋の病院に入院したと云う事件はひどく芥川をおどかした様であった。人の顔さえ見れば、君は変だよ、気違いだよと云う様な事を口走った。

「そんな事を云うのは、君が病覚がないからで、ただそれだけの事であって、決して君が健全だと云う証明にはならない」と云いながら、人の目の中をまじまじと見た。

いつもの書斎で話していたら、話しの切れ目にこう云った。

「今日僕はそのお見舞に行こうと思うのだ。失礼だけれども、そこ迄一緒に出よう」

一旦下へ降りて著物を著換えて来た。用意してあったと見えて、家の人から菓子折らしい風呂敷包みを受け取り、それを抱えて一緒に出かけた。

歩きながら、どんな風なのだと聞くと、段段落ちついているらしいんだ。しかし、ねえ、矢っ張りこわいよと云った。そうっとした様な声でそう云って、後は黙っている。

電車通へ出る角の二三軒手前に本屋があって、その中へつかつかと這入って行った。まだ左様ならをしない前なので、私も一緒に這入って見た。

店の中でこんな事を云った。僕の新らしい本が出たので、進上しようと思って取っておいたのだが、客が持って行って、なくなってしまった。自分の本を、本屋で金を出して買うのは変なものだね。第一、惜しいよ。

棚から「湖南の扇」を一冊抜き取り、硯箱を出さして帳場で署名してくれた。店の者が包み紙に包んでくれたのを私が受け取り、手に持って一緒に外へ出た。

お見舞の菓子折を抱えた芥川は、私の乗る電車とは反対の方向の電車に乗って行った。私の方の電車は中中来なかった。「湖南の扇」の包み紙が、持っている手の手あぶらで手の平に食っついた。

六

田端の家を訪ねて行く様になった初めの頃、二階の書斎に通されて待っていたけれど、いつ迄待っても上がって来ない。人を通しておいて忘れたのか知らと思い出した頃にやっと梯子段を上がって来た。

そこに突っ起った姿を見ると、黒紋付に袴を著け、白足袋を穿いている。その装束《しようぞく》で私の前に坐った。

「失敬、失敬。どうも、お待たせしちゃって。今日はこれから婚礼をするのでね」

面喰《めんくら》っていると、続けて、

「僕の婚礼なんだ」と云って面白そうに人の顔を見返した。「しかし、まだいいんだよ」

当時は芥川は横須賀の海軍機関学校の教官であって、私も一週一日ずつ出かけて行く兼務の教官であった。新婚の芥川君は鎌倉に居を構え、時時東京へ出て来た様であった。

その時分はまだ東京横須賀間の電車はなく、二等車は勿論、一等車も連結した汽車が走っていた。一等車も二等車も座席は今の様でなく、窓に沿って長く伸びていたので、私は横須賀の帰りに車中で靴を脱いで座席の上に上がり込み、窓の方に向いて端坐していた。

汽車が鎌倉駅に著いた時、偶然芥川君が新夫人を伴なってその同じ車室に這入って来たのを私は知らなかった。声を掛けられて振り向いた途端に、矢つぎ早に新夫人を紹介されたので、私は周章狼狽《しゅうしょうろうばい》して、腰掛けの上に坐った儘、そこに手をついて初対面の挨拶や祝辞を述べた。奥さんの方は車室に這入って来たばかりだから、勿論起った儘で、しかし私が正坐して挨拶しているので勝手が悪そうな工合で挨拶した。その光景を見て又動き出した汽車に揺られながら、芥川は身体を捩《ねじ》る様にして笑いこけた。

七

もう夕方だったかも知れない。薄暗い書斎の中で長身の芥川が起ち上がり、欄間《らんま》に掲げた額のうしろへ手を伸ばしたと思うと、そこから百円札を取り出して来て、私に渡した。

お金に困った相談をしていたのだが、その場で間に合わして貰えるとは思わなかった。

当時の百円は多分今の二万円ぐらい、或は大分古い話だから、もっとに当たるかも知れない。

「君の事は僕が一番よく知っている。僕には解るのだ」

と云った。

「奥さんもお母様も本当の君の事は解っていない」

それから又別の時に、

「漱石先生の門下では、鈴木三重吉と君と僕だけだよ」

と云った。

芥川君が自殺した夏は大変な暑さで、それが何日も続き、息が出来ない様であった。余り暑いので死んでしまったのだと考え、又それでいいのだと思った。原因や理由がいろいろあっても、それはそれで、矢っ張り非常な暑さであったから、芥川は死んでしまった。

八

亀鳴くや夢は淋しき池の縁。亀鳴くや土手に赤松暮れ残り。

小坪の漁師

里見弴

里見《さとみ》弴《とん》
一八八八—一九八三

横浜生まれ。小説家。東京帝国大学英文科中退。先輩の志賀直哉の影響を受け、さらに泉鏡花に傾倒。武者小路実篤、志賀らと一九一〇年『白樺』を創刊した。第一短篇集『善心悪心』（一九一六）により志賀の影響を脱皮。短篇小説の名手として大正期文壇の中堅作家として活躍。六〇年に文化勲章。六一年には『極楽とんぼ』を刊行、主人公の自由闊達な生涯を滑らかな語りの口調で一気に描き称賛された。七〇年『五代の民』で読売文学賞受賞。

わたしの日常生活ですって？　たしか四、五年前にも、同じことで喋らされた憶えがあるけれど、面白かろう筈はないでしょう。なにしろ半病人だから寝てばかりいる、その睡眠時間たるやほぼ赤ちゃん並だ。本当なら、とうにもう「お床上げ」で、昼間床なんて敷いてない筈なのに、今もって、ご覧の通り、でしょう。いつでも、昼寝がしたくなればすぐ横になれるように、たった一間《ひとま》しかない客間に、あんなちゃちなベッドなんか据えちゃって、お客がみえても六畳間の茶の間だし、用談なら縁側の椅子テーブルで差向いさ。それもまあ半身不随の余得かね。

ところで、どこから喋りだしたらいいのか？　やっぱり、朝だろうね。便意で目を覚ますのが七時前後、今年のまだそう暑くならないころから、僅か八、九枚の雨戸をあけたてする面倒を省いてしまって、カーテンを引くだけは、今もってその習慣が続いているんで、あっちこっちそれをやって廻るんだ。いくら半病人だって、それくらいのことなら手伝えるさ。

朝めしは、まず季節の果実《くだもの》から、パン、野菜サラダ、コーヒー。めしつけなしのハイカラで、たっぷりやるから、たいてい九時すぎるね。あとはテレビかな。あんまりくだらなければ、二度寝というやつ……。ほんと云えば、本なり、せめて新聞くらいは読みたいんだけど、白内障で、……つまり老眼で、天眼鏡でもろくに読めないんだ。読書は、なんてったって、少年時代からの習慣だから、困るけど、仕方ないさ。

それから何をするかっていうと、なんにもない。近頃は、人から云いつけられて、ぜひともしなけりゃアならないことなんて、……ああ、そうだ、自分の全集の後書《あとがき》ってやつ、たいてい半ペラ原稿紙で二十枚ぐらいなんだし、それだってふた月おきなんだけど、天眼鏡片手じゃァ骨が折れるよ。そのほかには、……ウン、手紙の返事だ。たいていはお礼状だな。著書とか、食べ物とかを送って貰ったお礼……、こいつがかなりあるんだ。別に、迷惑だなんて云やアしないけどさ。著者からじかの新刊書だと、読めないけれど、誰かに音読して貰って、聞きます、ってね。毛筆書きの封書にも、すまないとは思うんだけど、返事はみんな葉書だ。気が向くと絵を描いたりもするが……。

そのほかには、なんでもしたいんだが、出来ないから、なんにもしない。ああ、まだあった、トランプの七つ並べ……。こう云うと、さぞ退屈しているだろうと思うだろうけれど、若い頃から、その退屈というやつは、僕は知らないんだ。あんまり覚えがないんだ。トランプの七つ並べだって、けっこう時間を食ってくれるんだよ。ああいうことをするのを、タイム・キリング、……「時間殺し」というけれど、とすれば、僕は時間殺しの名人ってことになる。うまく、……と云っちゃアおかしいが、何時間でも、平気で殺し続けるよ。「モネー」同様の「タイム」の浪費家だと思うね。

話は変るが、このごろよく停年退職後の人たちの泣き言を聞かされるんだけど、急に無収入になってのことなら、不用意千万な話だし、もしまた退屈で退屈でやりきれないってんなら、バカバカしいともなんとも申しあげようがないね。……え？　秘訣もくそもない、しごく簡単なことさ。何をするにしても、ボヤボヤやっていりゃア、飽きが来るにきまってらアね。僕は、朝、天眼鏡片手に、新聞を一字一字拾い読みするにしたって、トランプを並べるにしたって、極端なことを云やア、寝てる間《ま》だって一所懸命だ。だらけてるから、すぐ退屈やふさぎの虫にとっつかれるんだ。わかりきった話じゃアないか。

むかしは「井戸ばた会議」と云った、……当今は、茶の間、台所、玄関先など云わずもがな、聴衆の席だろうと、往来のまんなかだろうと、一切おかまいなしのお喋り、……女ばかりじゃない、この節は男も盛大にやってるね、くだらねえ……大抵は自慢話か、自己宣伝のたぐいだが、そんなことを退屈しのぎにしている彼等自身こそ退屈そのものだよ。

それからね、やたらとガラスや瀬戸の器《うつわ》がこわれる、あれも大部分はお喋りの産物だね。「注目行事」……目を注いで事を行なう、ってことで、別にどうってこともない教訓《おしえ》だけれど、お喋りやよそ見をしながらじゃア、粗相をしてあたりまえだ。この何々しながら何々をするってやつ、……二兎を追う図々しさがごくよろしくないね。「ながら厳禁法」ってのを発令して、犯したやつは死刑、……まさかそうもいくまいけどもね……。

これを要するに、退屈にしろ、粗相にしろ、みんな身から出た錆《さび》だよ。はたの知ったことじゃアないが、よくもまア日本国中赤錆だらけにしたもんだ。……赤と云ったって、何も左翼とは限らないぜ。「まっかな嘘」なんてことも云うし……。ああ、日本ばかりじゃアない、だんだんと世界中がだらけて行きそうに思えるが、君たちはどうだい？　やっぱり、年寄りは、余計な憎まれ口なんぞたたかないで、おとなしく黙ってひっこんでる方がいいのかねえ。……だけど、今日は仕方がない、君たちが、東京からわざわざ聞きに来たんだものな。

話をもとに戻して、次は昼めしだが、天気がよければ……足が不自由なんで、クルマで出かけて、簡単に「外食」ってやつだ。どうした加減か、ここ十年ばかりのうちに、鎌倉ってところ、雨後の竹の子の如く、うようよと食い物屋が生《は》えるんでね、根がもの好きだから、片っぱしから食いあるくんだよ。たまには、あと引き続いて食いに行くうちもあるが、大抵は一ぺんこっきりだね。ああ、そうそう、やっぱりそんな食い物屋あさりの帰りがけだったろう、小坪の魚市場の前を通りかかったんだよ。小坪ってのは逗子寄りの漁村でね、ここいらの魚屋は、近海魚はそこだし、大きな魚なら三崎や築地まで仕入れに行くんだろうけど、競《せ》市《り》がすんだあとなら、素人だって買えるんだよ。いつも新しくて安いもんだから、うちの者なんかも、つい買い過ぎてしまって、帰りにうちの魚屋の前を通りかかると、半分くらい卸してやりましょうか、なんてね……。

でね、クルマが市場通りにさしかかると、漁師らしい年寄りが四、五人、道ばたに一列に並んで、沖を眺めてるんだ。この節のことだから、シャツにズボンで、一見漁師らしくはないんだけど、……その途端に、ふっと思い出したんだが……。

僕が逗子に住んでいたのは、大正十年から大地震までの三年間、歳で云えば、三十四、五、六かな。四十としても半世紀前のことだがね、うちが海岸に近かったし、元気がよかったから、ちょくちょく釣りに行ってたんだ。うちのボートでも出かけたけど、漁師と一緒なら、万事便利だからね。そのころの逗子の海岸なんて、由比ヶ浜の半分もないし、しーんと静まり返っていてね、なぎさホテルは建ってたかどうか、あのへんの砂浜に年寄りの漁師が二、三人、冬なら日なたぼっこ、夏なら船から離れて日蔭に陣どっているんだよ。たまに、今で謂う観光客が通りかかると、釣りとか、沖眺めとかで、「お供しましょう」ともちかけるんだ。漁よりは楽な、まア隠居仕事だったろうな。料金だって十銭か二十銭。釣りをやるったって、道具やなんか借りたり、「見突き」なんてのをやらせたって、たかだか五、六十銭かな。円になることは滅多になかったろうよ。

何遍も行くうちに、自然と贔屓《ひいき》の漁師ができてね、東京からの客なんかがあって、話にも飽きると、そいつの船で、海上散歩に誘い出すんだ。日をきめて、ゆっくり遊びに来て貰うような時には、前もって、来る《きた》何日、何時までに必ずいつもの所に出ていてくれ、と、電話なんかなかったから、名前や所番地を聞いておいて、そのたんびに葉書を出すんだよ。たびたびそれをやっていたんで、一柳栄蔵という名がポッカリとあたまに浮んだんだね。但し、いち柳とよむのか、ひとつ柳か、知らないんだけど、大震災以来会ったことは勿論、一切消息を聞く機会のなかったその漁師のことが聞けはしまいかと思ったので、クルマを止めて貰ったんだが、僕は足が不自由なので、なかで一番年上らしい一人を呼んだんだが、面倒臭えと云いたげに、すっかりもう売りきれだから、さっさと行っちまえ、ってえ風に、掃き出すような手つきをしやがるんだ。仕方がないから、大きな声で、ひとつ柳かいち柳か知らないけど、栄蔵さんって人の話が聞きたいんだって、くり返しどなっていると、赤いスウェーターなんか着て、元気のいい男がいきなり、「そりゃア、おらのおやじだ」って言うじゃないか。「おお、そうか、それじゃもっとそばに来てくれ」ってね、それから、かいつまんで、五十年前の話をしかけると、「あんたかどうか、そんな話は聞いてる」って云うんで、歳を聞くと、「八十だ」って返事だ。「そんなら僕と十歳《とお》違いだから、あの頃の君は二十五、六の筈だが、どうして、おやじさんと一緒に漁に出なかったんだ」って云うと、「おらは十八で横須賀の海軍工廠にはいっちまったから、うちの稼業なんか手伝ったことねえんだ」「なにしろ、その後の話が聞きたいんだから」「そんならすぐ近くだからうちに寄れ」と云って、すぐまた「あ、駄目だ、今日は、誰もいねえ」でね、「そのうち、僕の写したおやじさんの写真を持って行くよ」と云って別れて来たんだが、なんだか、バカに嬉しくなっちゃってね。

ところで、地震後は、東京、鎌倉、鎌倉だけでも五、六個所あちこちして、そのたみんびに、荷物はへらしてるし、素人写真だけでも、自分の写したのや、他人《ひと》のや、みんなごったまぜに、ひと箱に詰め込んである筈なんだけど、それをひっくり返して、探し出すとなると、大事業だからね。つい一寸延ばしになってたんだが、思いきって、或る日やってみると、天の助けか、存外早く見つかったんだ。手札型の一枚は、どんつく布子《ぬのこ》のおやじが、船の胴の間で、渋い顔してるところ、もう一枚はカメをかぶって海の底を窺《のぞ》き込んでるところ、まだ写したような気がするんだが、見つかったのはそれ二枚。でも、同じことなら、出来るだけ大きく引伸して、二、三枚ずつ複写して貰うことにして、小坪に行った時も運転していた青年に頼んで、那須に行っちまったっきり、秋の彼岸まで帰らなかった。聞くと、複写はちゃんともう出来てた。小坪なんて、小さな町だから、電話帳ですぐわかるだろうと思って、引かせてみると、一ページくらいべったり一柳なんだとさ。びっくりしてね、どうしたものかと思案投げ首でいるところに、出入りの電気屋が来合せて、「小坪には何軒も仕事先があるから、訊いてあげよう」って云ってくれて、名や電話番号もわかったんだが、それから、朝、昼、晩といろんな時間に何度かけても応答がないんだとさ。がっかりしているところへ、また例の電気屋が来て、「松之助さんというご主人はいま七里ヶ浜の病院に入院中で、奥さんもつきっきりにそっちに泊り込んでいるそうだ」と知らせてくれた。

そう聞くと、写真も写真だけれど、あんなに元気にしていた人がどうしたってことだろう、と気になってたまらない。いろいろと考えた揚句、見舞のあとに、約束の写真、大変おそくなったが同封する、という手紙を持って、また例の青年に運転して貰って病院に行ったんだが、何しろ、病名も容態もわからず、細君って人にも会ったことないんだから、いきなり病室へ行っても、と思ってね、青年を使いに立てて、クルマのなかで待っていたんだよ。二十分ばかりすると、まだ若くみえる奥さんらしい人と一緒に出て来て、「写真を見るなり、――あ、おやじだって、泣いていました」ということでね……。容態を訊くと――癌だが、近日中に一旦退院、という話。「ああ、そう」としか云えなかったね。

それからは、……どうにも仕様がない……。まア、喜んでもらえりゃアよかった、と思っていたけれど、そのうちまた小坪に行ったついでに、例の青年に、細い横町の奥の松之助さんの家まで行ってもらうと、留守居の人が、――退院後ずうっと家にいたんだけれど、今朝から痛みがひどくなって、急にまた病院に帰って行った、と答えたそうでね……。

ついこの六月、偶然にも初めて会った往来で、ふた言、み言、言葉を交わした、あの元気のいい、とても八十とは思えぬ松之助さんとの、浅いようで、深いような、へんてこな縁……。あの不愛想で、訊けば、なんでも詳しく教えてくれた栄蔵さんは、いつ頃、どんな風にしてこの世を去って行ったか。……近くて遠かったり、遠くて近かったり、人と人とのつながりなんて、なんとも不思議なもんだねえ……。

ああ、昼めしを食いに行った先から、とんだ横町に迷い込んじまって、……じゃア晩めしとするか。めしにはまるっきり興味がないな。晩酌なら、興味しんしんだけど、退院の時、医者に云い渡された一合を、以来四年半、きちんと、……でもないが、めったに破らない。……ええと、ほかには、……そうだなア、格別そう話したいこともないから、もういいだろう。

虎に化ける

久野豊彦

久野《くの》豊彦《とよひこ》

一八九六—一九七一

愛知県生まれ。小説家、経済学者。慶應義塾大学経済学部卒業後、同人誌『葡萄園』に実験的な作品を発表。横光利一とならぶ「新感覚的表現」として注目される。小説に『第二のレエニン』『連想の暴風』『ボール紙の皇帝万歳』『人生特急』など。評論『新芸術とダグラスイズム』では反マルクス主義にたって社会批判を展開、新社会派ともよばれた。晩年は名古屋商科大学で経済学を講じた。

人は、たれでも、人のことを呼ぶのに人だと云《い》うものは、あんまり、なさそうである。だから、人には、たいがい、物質名詞がよくつけてあるものだが、僕の友達の袋《ふくろ》一馬《かずま》は、たしかに袋一馬なのに、僕の学生時代には、僕は彼のことを、

――わが親愛なアンチピリン君！

と呼んでいたものだ。すると袋一馬のアンチピリン君は、どうやらニック・ネームというものは、その人の急所を端的に表現するものと見えて遠くからでも、よく微笑をするのだった。だから、アンチピリン君のことをアンチピリンと呼んでた方が、よっぽど、アンチピリンらしかったのである。

ところが、この親愛なわがアンチピリン君が印度《インド》から生ける虎となって送還されたという――驚くべき情報に接したので、僕は、周章《あわ》てて、アンチピリン君の邸宅へ虎を見にかけつけたのである。

坂の上をフォードのボロ自動車が、悪漢《あくかん》のように登ってゆくと、頂上では、天を挟撃していた並木が両側から踊りでてきて、僕の頭を盛んに乱打していたが、そんなことにはうわの空で僕は揺られながらも、どうして、彼が虎に化けたものかと、思いに耽《ふけ》っていたのである。すると、僕の頭の中へ、彼が虎となり得《う》べき、いろんな必然的な材料が、鮮かに、連想されてくるのだった。

彼は、たしかに、生れながらの寅年《とらどし》だったのである。彼は、彼の老母に虎の子のように溺愛《できあい》されていたものである。彼は虎の子渡しが好きだった。そうしてそればかしではなく彼は、気がむきさえすれば軽騎兵や荷揚人《にあげにん》だの、飛行家や医師や司祭風の制服で、街を散歩するのが、彼の虎の巻《まき》でもあったのである。してみると、今、彼が虎になったからって何《な》にも、そんなに、不思議なことはなさそうだし、それに、彼は、袋一馬から、先刻《さっき》、アンチピリンに化《ば》かしてしまったアンチピリンのことだから、アンチピリンから、またしても、虎になることは、さして難しいことでもなく、ただ、遠く人間から離れたアンチピリンから虎にさえなれば、それでよさそうに思ったりするのだった。すると、はやくも、僕には彼が虎以外の何物でもあり得なそうな気がしてくるのだった。

――虎！　虎！　虎――だ！

と、何度となく、僕は口中《こうちゆう》で連呼していると、急に、運転手がふりかえって、

――旦那ここの道を左へ廻《まわ》るんでしたか？　と、訊《たず》ねるので、

――そうだ、動物園の方へね。

こう云《い》ってやると、運転手は怪訝《けげん》そうな顔をしていた。

青果店《あおものてん》の隣りが煙草屋で、その隣りが猟犬商会で、やがて、車窓へ、何時《いつ》もながらの虎の邸宅の竹藪の頭が、黄《き》ろな砂のように、もやもやと、天に揺れているのが見えていた。

この竹藪から、ふと、僕は、数年前の彼を思い出した。その頃、彼と僕とは、色の褪《あ》せたモオニングを着込んで、都会の隅々までも就職口、求めに、ほッつき廻《まわ》っていたものだったが、いつだって、骨折り損の草臥《くたび》れ儲《もう》けにばかし終っていた。すると、癇癪玉《かんしやくだま》の破裂した僕たちは、日暮がたの雑踏する浅草へ出掛けていっては、水族館の隣りの木馬館で、モオニング姿のままで、木馬に乗り、淡いセンチメンタルな「蛍の光」の音楽につれて、木馬を走らしていると、何んだか、急にふたりが悲しくなってきて、

――こんなことなら、あんなに、カンニングしてまでも、学校をでるんじゃァなかったな！

と、嘆息し合っては、世知辛《せちがら》い浮世に涙をながしていると、またしても、クラリネットが癇《かん》の高い音色でもって、われらに哀愁を誘うので、眼にハンカチをあてがっていた僕らは、どうにも、泣かされて仕方のなかったものである。

だが、そんなことがあったかと思うと。また、朝から晩まで、小さなキャフェで、飲まず食わずのままじッと身動きもせずに、蒼ざめた顔をつき合していたりすることもあるのだった。

——こうなったら、僕は、もう何をしでかすのやら、自分にも、だんだん分らなくなってきたよ。

力まかせに、僕がゲンコツでもって、卓子《テーブル》をたたきつけると、その拍子に、紅いアマリリスの花びらが、彼のプレイン・ソーダ水のコップの上へ落ちたので、何故《なぜ》だか、彼までも、急に興奮してきて、

——僕だって、分るものか。毎日、食卓に向っていると、何時《いつ》ものように母親がお給仕して呉《く》れるんだが、なんだか、この頃じゃ、僕の僻《ひが》みか、僕ァ、花屋敷の虎みたような気がしてならないんだよ。僕ァ無政府主義者になろうかと思っているんだ。

呀《あ》ッと、いうまに、もう、彼は、そこにあった家鴨《かも》の首のようなフラスコを握って、頭上へ振りあげていた。ところが、手首からフラスコの水が、背中の方へ、小切手の

点線のように伝わってきたので、吃驚《びっくり》して手を放すと、その途端《とたん》に、フラスコが床板の上で、ばしゃんと風船玉の割れる音をたてて砕けながら、僕ァ水だらけになっていた。

——あッと、ここで、降ろしてくれ給え。

運転手に叫ぶと、自動車は、ピリオードのように、そこへ停《とま》った。

——ごめんなさいまし。

そう云《い》う代りに、手頃なところに、ベルがあったので、何度もそれを押しつづけてみたのだが、誰もなかなか、でて来そうになかったので、こんどは、僕は手を変えて、鶏の鳴き声をしてみると、急に奥の扉《ドア》が開《あ》いて、なかから紅い豆自転車にのった、脚の長い不思議な女が現われてきた。

——あら、よくいらっしゃいましたわ。さァ、おあがんなさいましよ。でも、あの人は、とうとう、虎になって帰ってきたんでございますわ。

そう云《い》いながら、僕の帽子をいきなり奪うと、自分の頭にのッけて、またしても、自転車に乗って、奥の方へ消えて行ってしまったので、仕方もなしに、後から僕がついて行くと、温泉とアトリエをごっちゃにしたような硝子《ガラス》張りの部屋へ、僕はきていた。そのあたりには、女の水色のアンダアシャツだの、レモン色のシャッポだの、ヅロオスのなかに女の櫛《くし》がまるめこんであったり、食いさしのチョオコレートが白粉箱《おしろいばこ》の上にのッかっていたり、そうかと思うと、大きな化粧鏡《けしょうかがみ》に、袋一馬の虎の似顔が描いてあったり、天井からは、ブランコがたれさがっていたりして、あたりの色彩の調和は、全然、意識的に破壊されていた。だが、破壊されている！ そう云《い》えば、どうしてあんなに、脚のながい彼女が、楽々と豆自転車になんか乗ることができるのだろうか。ここには、途方もない、目には見えない、何かのつながりがあるのではなかろうかと、僕は不思議に思っていると、彼女は、豆自転車から飛び下りて、じッと、僕の顔をのぞき込んだ。だがのぞき込まれることは、また、こちらがのぞき込むことでもありそうである。

彼女は、花火の茎のように、ひょろひょろとのびて、空間で痩《や》せこけていたのだが、その花の茎のはずれのところで、ぱッと開いた濃い眉と眉との間には、紅い大きな黒子《ほくろ》が一つ鮮やかにうってあって、その下の方では、ゆるやかに垂れさがった鼻筋が上から紅い唇をのぞき込んでいそうで、これら彼女の風貌《ふうぼう》には、どこやら、仏の顔でも丹念《たんねん》に真似《まね》て、化粧のこらされてありそうに思われるのだった。

すると、彼女は、僕の肩に手をかけて、――あなたは、どこか、ほんとうに、あの人によく似ていらっしゃりそうですわ。さア、お掛けなさいましよ。と、支那鞄《しなかばん》の上へ、腰かけさせると、二三歩、後《あと》へ退いて、またしても、じっと、僕の顔をながめ込んでいた。なんだか、写真でも写しそうにして。

——あなた、少しばかし俯向《うつむ》き加減になって、優しい眼をして、妾《わたし》をじッと見て下さいましな。そんなに怖い顔しないでさ、もっともっと妾《わたし》を愛して下さるようなお顔をして……

彼女は、帽子をとって、僕の頭の上へ軽くのせると、こんどは、僕の右手を弄《いじ》りながら、

——さア、きュッと、妾《わたし》の指を振って下さいましよ。そいでなきァ駄目よ。あの人と妾《わたし》、蜜月《ハネムーン》旅行に出掛けたあの晩は、丁度《ちょうど》、こんな風なんでしたもの……。

——そいじァ、あなたは僕までも虎にしようとなさるおつもりなんですか。

——い……いいえ、そうじァないんですけれど……虎は虎で、もうすっかり虎になって、あちらの檻《おり》のなかにいますわ。でも、あなたは、ようく、あの人に似ていらっしゃるんですもの。

そう云《い》って、彼女は文庫のなかを、滅茶苦茶《めちゃくちゃ》にかきまわすと、一枚の大型の写真を取りだしてきて、

――これが、あの人の印度《インド》で飛脚をしていた最後の写真なの。

僕のまえに、差しだしたので見ると、黒ん坊の彼は、裸のままで、胸のあたりに、白墨《はくぼく》で何か記号をつけ、腰帯《こしおび》には、真鍮《しんちゆう》でできた勲章のようなものを淋しそうにぶらさげて、跣足《はだし》で立っていた。そのあたりには、よちよちと鵞鳥《がちよう》が歩き、山羊《やぎ》が泣き、大きなサボテンの花が狂的《きようてき》にひらいて、遠くの方ではインドの建築の起原は竹からでもでたものかと思われそうな、竹でできた崩れかかった僧院だの、黄《きい》ろな仏塔《ぶつとう》だのが、ひどく荒涼とした沈黙のなかに日向《ひなた》ぼっこしていたが、写真の上部は、澄んだ青い空間を美しい山肌が皺《しわ》影《かげ》をのこして、その峻峯《しゆんぽう》には、氷塔《ひようとう》が聳《そび》え、さッと氷河が峡谷の方へ走って、白い怪奇な風景が、さむざむと浮きだしていた。裸になんかなっていて、彼は風邪でもひきァしまいかと、僕は思い返していると、いつのまにやら、写真のなかへ、彼女も顔を半分ばかし割り込ましてきて、今は互《たがい》に、彼を知らず識《し》らずのうちに奪い合っていそうだったが、彼の脇に、先刻《さつき》から、しどけなく寝そべっていた女を、彼《あ》の印度《インド》の情人じァなかろうかと、なおもよく見ると何のことはなかった。頭髪に、石楠花《しやくなげ》の花をかざしたヒマラヤの少女でもなんでもなく、いたずらに嬌情《きようじよう》をたたえた釈迦の寝《ね》像《ぞう》だったので、苦笑しながら、写真から、僕は眼を離した。

――あの人は、じッと、こちらを見ていますわ。妾《わたし》たちのことをなんとか思やしないでしょうか。だって、なんでもないんですものね。でも、あの人が虎になって戻ってくるなんて、妾《わたし》、夢にも思わなかったわ。なんでも三ヶ月ばかし前よ。ある晩、ヒンドゥスタン郵便局の局長さんから、「おまえのタパリイ（神聖なもの）虎にたべられた」と電報で知らしてきたので、妾《わたし》、吃驚《びっくり》しちァったの。でも、神聖なもの虎にたべられたって、なんのことやら訳が分らぬので折返し訊《たず》ねてみると、こんどは詳しく知らしてきたのよ。だが、あの人は、矢張《やはり》、とうとう、虎に喰べられてしまってたのよ。なんでも局長さんの返電じゃ、「寂寥暗澹《せきりようあんたん》」とか書いてあったっけ、そんな森林のなかをあの人が行嚢《こうのう》を担いで、左手に一本の松明《たいまつ》をかざしながら走ってると、傍《かたわら》の藪蔭から虎が唸《うな》りだしてきて、見るまにあの人の頭から足の先まで、喰べちァッたんですって。可哀《かあい》そうにね。せめて、あの人がピストルでももってたら、そうして、印《イン》度《ド》へなんか軍事探偵になって妾《わたし》をふりちぎって、出掛けなかったら、こんな不幸は起きァしなかったのにと、妾《わたし》、さんざん後悔しているのよ。

――御尤《ごもつと》もなことです。

――いいえ、妾《わたし》、御尤《ごもつと》もどころじァないわよ。でも、二三時間すると、やっと、松《たい》明《まつ》を口にくわえて逃げまわってた虎が捉《つか》まったんですって。ところが、なんだか、さて捉《つか》まってみると、虎のなかに、あの人がどうしても、虎になっていそうな気がするので、つい、こちらの方へ送り還して貰《もら》ったんですの。誰か、妾《わたし》のことを物好きだって仰有《おつしや》る方があったら、それは、たしかに、悲しい物好きなのよ。お笑いにならないでね。

——いや、笑うどころじゃァありません。

——妾《わたし》、どこまでも、あの人が虎になったと信じたいんです。それに、毎朝、餌をもって、檻のところへゆくと、虎は、ほんとうに、生き生きとした眼をして、じっと、妾《わたし》を見ていますの。たしかに、あの人は虎の皮をきて、生きていますわ。お笑いにならないでね。あたし、気は、この通りたしかなものよ。それに、妾《わたし》、もう十何年も趣味で仏教を信じてきてるんですの。一度だって信じていて間違いのあったことはありませんわ。よく仏書のなかに、そうね。三世相《さんぜそう》なんかに、紀州の人が北海道で牛になったり、みみずになったりしていることが書いてあるんですが、してみると、あの人が虎になったからって、何の不思議のあろう筈《はず》もありませんわ。それに、あの人は、たしかに、虎の口の中へ頭から足の先まで、すっぽり這《は》入り込んでいったきり、どこからも抜けだしてきたような疑いがないんですもの。あの人は這入《はい》っていったきりなんですの。きっと今では、あの人は、虎の皮をきたままじっと、虎の風をして虎になっているにちがいありません。折角《せつかく》ですから、あなた、一ぺん、あの人に逢《あ》ってやって下さいましよ。

またしても、彼女は豆自転車に乗ると、背後に僕を従えながら竹藪の方へ僕を案内してゆくのだった。

――昨夜《ゆうべ》は、印度《インド》を思いだしたのか、あの人は、しきりと、遠吠えばかししてましたのよ。きっと、今頃は、疲れて鼾《いびき》でもかいているか知れませんわ。

日陰になった檻を遠くから見ると、鉄棒の格子が傘の骨をなして、黄と黒のだんだらの蝙蝠傘《こうもりがさ》がひらいていそうに思われた。ところが、近づいてゆくと、敏感にも、人の気配がするので、天幕《テント》のようになった黄と黒とのものが、ぐらッと、ひっくり返ったかと思うと、巨大な首の奥から紅い舌が、火に燃えてめらめらしていた。

――妾《わたし》、あの噴火口のなかへ、いっそ飛び込んでしまって、あの人と一緒に虎になってみたいともよく思うんですの。

虎は、竹の葉末《はずえ》にぶらさがっている白い昼の月を仰いで、大きな欠伸《あくび》をしていた。檻に彼女が手をかけると、目をしばたたいて、優しそうに、

――ねえ、あなた、オメメがさめて？

人前も憚《はばか》らずに、彼女が、甘ッたるいことを云《い》うので、それかあらぬか、流石《さすが》の彼も、極《きま》り悪げに、そっと、あらぬ方を向いて、知らん顔をしてしまっていた。

こうして、春の半日を、彼女を訪れているうちに、どうやら僕の脳髄までも変になってきていそうだった。それにしても、一匹の虎は虎でしかあり得ないものが、どうして、僕には、黄と黒との蝙蝠傘《こうもりがさ》に見え、彼女には首から上が袋一馬で、そのあとはすっかり虎になって見えるのだろうか。だが、僕のことは、さて措《お》くとしても、確かに、彼女の心理状態のうちには、人間の顔をしたスフィンクス以来の謎が、そこに低《てい》徊《かい》していそうなことだけは事実である。

それから数日後のことである。春雨があると、相変らず、東京郊外の道路は、泥濘《でいねい》脛《すね》を没していた。

——いらっしゃいますか。

と、僕のアパアトへ彼女が訪れてくると、

——とうとう、あの人が昨夜《ゆうべ》、亡くなってしまったの。

泥靴のままで、僕の部屋のなかへ飛込んでくると、眼を泣きはらしながら、右手の手首のあたりが血だらけになっていた。

——靴だけはおぬぎ下さい。

こう、僕が云《い》うと、

——まァ、黙ってきいてらっしゃい。

と、彼女は顔色変えて喋《しゃべ》りつづけるのだった。

——先刻《さつき》、妾《わたし》が剃刀《かみそり》で、あの人の腹部を切っていると、胃の中から消化されずに、あの人が担いでいた行嚢《こうのう》と、あの人が持ってた懐中時計が、いまだに止まらずに、まだ走ってたんですの。妾《わたし》、吃驚《びつくり》して行嚢《こうのう》をあけてみると、なかから、沢山《たくさん》、いろんな手紙がでてきたなかに、あたし宛の手紙が入っていたのよ。読んでみましょうか。なんだか、あの人が、生き生きと妾《わたし》に話しかけていそうな気がするんですの。

——だが、泥靴だけはおぬぎ下さい。

——まァ、黙ってきいてらっしゃい。ようござんすか。読んでみますわ。印度《インド》っていう所は、随分不思議なところです。僕は、こちらへきてから、動物と同じような一ン日《ち》を行動してます。象だの鵞鳥《がちょう》だのが、昼寝をする時には、僕も昼寝します。こんな酷暑の地なのに、頭上では雪の霊山が光っています。これじァ、暑いのやら寒いのやら訳が分りません。

——まァ、いいから靴だけはぬいで下さい。

僕が彼女を追っかけてゆくと、彼女は、白いシーツの敷いてある寝台の上へ飛びのって、またしてもよみだした。

僕はこのごろうち、印度《インド》の地形を研究していたら印度《インド》は三角形の大破片だった。これは地球物理学者も云《い》っていることだが、印度《インド》ばかしでなく、アフリカも南北アメリカも、みんな三角形の大破片です。してみると、地球はどうやら二等辺三角形かも知れません。

この三角形のヅユンゲルという所草《ところぐさ》の密生した沼沢地《しょうたくち》の荒野《あれの》の奥に、僕は沢山の飛脚と一緒に住んで居ります。印度《インド》では、この飛脚のことをタパリイと呼んで、一種神聖な者に僕らはされています。先達《せんだつ》て、御送りした僕の写真のように、誰も彼もが、みんな全裸体で、姓名とヒンドゥスタン郵便局の番号とが胸のところに描かれていて、腰帯《こしおび》には、神聖な古代文字を彫った徽章《きしょう》がついています。こちらでは何もかもが神聖ずくめで、しかも裸体が飛脚の正服なのだから可笑《おか》しくてならない。そうしてこちらでは、この裸体の飛脚が政府の高官になっているのだから尚更滑稽《なおさらこっけい》です。でも、この飛脚の交通網は、だんだん、郵便列車や自動車によって、破壊されてきていますから、遠からず、これら郵便列車や自動車が政府の高官になるでしょう。そうして、やがて神聖なものとなるでしょう。自動車が走ってくる。神聖！　郵便列車がやってくる。また神聖！　何もかもが神聖ずくめで、神聖といえば、あらたかな仏様は、あちらこちらの地べたにころがって雨露をしのいである。

　こんななかにあって、僕が政府の一高官になっているのは当然かも知れないが、それにしても、毎日二キロメートルも脚の続く限り行嚢《こうのう》を担いで全速力で走り通すのは、苦痛です。疲れきって、目的地へ達して、荷物を抛出《なげだ》すと、もう次ぎのものが用意していて、鈴のついた錫杖《しやくじよう》のような棒を握って、直ぐに、駈けだしてゆきます。こうして、広大な沈黙の印度《インド》内地を走り廻って、一ヶ日の勤務を遂行して、やっと、初めて印度《インド》式の暢気《のんき》さで、ぼんやり家《うち》へ戻ってくるんだが、それでも、時に、命びろいすることがあります。熱帯地方の特有の怪しげな花が、鉢に植わっているのかと、近寄ってみると大蛇が花に絡《から》みついているのだったり、遠くの方で、英吉利《イギリス》人が黄いろな毛布をひろげて、サンド・ウイッチを食べているのかと思うとそれは、巨大な虎であったりして……。

——はやく、靴だけはぬいで下さい。

——もう、終わりなんですもの黙ってきいてらっしゃい。

——そいつは、いけません。

　僕が追っかけてゆくと、彼女は畳の上を泥靴で飛び廻って、

——どうせ、あの人だって、妾《わたし》だって同じことなんですもの、ちょいと我慢しててね。

こんどは、椅子《いす》の上へ立ちあがって、大声で、彼女が叫びだした。

だが、印度《インド》に於《お》ける英吉利人《イギリス》は、確《たし》かに、獰猛《どうもう》な虎の一種です。印度《インド》人は、黒死病《ペスト》と虎と英吉利《イギリス》人とに年中、悩まされている。だから反英精神が濃厚となり、ボムベイに暴動が起り、パンジャブのアムリッツアールで、群集と軍隊が衝突したり、印度《インド》の現行統治法の実施状態を視察にきたサイモン氏一行に対して「サイモン・ゴオ・バック！」の大旆《たいはい》をたてた反サイモン行列がつづいたりして、いよいよ反英熱は白熱してくるばかしです。殊《こと》に、今年は、サイモン委員会の手で、印度《インド》に於《お》ける新憲法立案の報告が提出されるので、今や、ガンディやペザント夫人が躍起《やっき》となって、印度《インド》全線に亙《わた》って、新《あら》たなる反抗が激成《げきせい》されつつあります。お蔭で、僕たち神聖な飛脚は、夥《おびただ》しい郵便物をあちらこちらへ走りまわって、日が暮れてからも松明《たいまつ》をかざして、配らねばならぬので、うんざりさせられます。つい、先刻《せんこく》も、僕の知り合いの印度兵《シーポイ》の一人が、ヨオロッパ戦争で、殊勲をたてて貰《もら》ったヴィクトリア十字勲章を、塵芥箱《ごみばこ》のなかへ投げ込んで叫ぶのでした。

——君よ！　英吉利《イギリス》人の海賊に注意し給《たま》えよ。君たち日本人でありながら、自分の国の京都の御所《ごしょ》がちっとやそっとでは、なかなか個人的には見物できないものが、僕ら印度《インド》人は英国大使館の紹介状があれば、直ぐにも見物できるんだからね。そうして、シンガポールに一大軍港ができたら、もっと楽に見物ができるにちがいないのさ。だが、君は、どう考えるかね。ジェリコー総督が大英帝国の国防の重心点たらしめようと熱心に献策したこの一大軍港について。僕の考えるところでは、たしかに、巨大な砲口がわが印度《インド》と君の国の日本の空とへ向けられていそうに見えるのだが……。

これには、僕、返事はしなかったのだが、しかし、僕、この印度兵《シーポイ》の心事は同情しています。

——降りろったら降りてくれ給《たま》え。

——いいえ、もう今に降りるときが来ます。

印度《インド》は何んと云《い》っても奇妙な国です。僕のいま住んでいる沼沢地《しょうたくち》では、魚を弓矢でとってます。冷えびえする晩には、牛の糞の乾したのを薪にしてます。燃えるから奇妙です。だが、奇妙といえば、僕のような郵便飛脚が自分で手紙をあんたへ書き、自分で手紙を持って走るなんざァは尚更《なおさら》、奇妙です。

こうして、彼女は椅子《いす》から飛び降りると、ポケットから虎皮を一枚とりだして、そっと僕の前へさしだした。

——これが、あの人の皮膚の一部ですわ。

そのまま、彼女は、僕の部屋を泥だらけにして飛びだしていってしまったのだが、とうとう袋一馬《ふくろかずま》もこれで虎になってしまった訳である。そう云《い》えば、蜂は虎を無限に拡大したものであり、虎は蜂を極微量にしたものであるにちがいないが、はしなくも、僕は今、ふと、彼が、七八年前に仙台の高等学校へ入学して、蜂の徽章《きしょう》をつけて僕を訪れてきたことを思いだしたのだが、どうやら、あの頃から、はやくも、彼は虎になるべき下地《したじ》があったのであろうか。

僕は、いま虎皮をのこして立ち去った彼女を必ずしも、Material Fallacy に陥っているものとは考えない。というのは、現に、この度、牛込区の区会議員選挙にも、どうやら、彼と縁のある一毛午之允《いちげうまのすけ》だの犬童人二《けんどうじんじ》だのの知名の士が立候補して市街に麗々《れいれい》しく立看板をだしていられることでも、この間《かん》に微妙な有機的な関係のあることが発見されるからである。

——彼は、たしかに虎に、化けたものにちがいない。

そうして彼女は?

——彼女は、虎に化かされたにちがいない。と僕は思っています。

中村遊廓

尾崎士郎

尾崎士郎《おざきしろう》

一八九八―一九六四

愛知県生まれ。小説家。早稲田大学政治経済学科中退。一九三五年、川端康成が『人生劇場――青春篇』を絶賛して脚光を浴びる。伝統的な日本人的心情の反映した人柄と文学は第二次大戦下にあった人々の民族心を喚起して、一躍花形作家となった。戦後は戦争責任の追及を受けるが、五一年『天皇機関説』によって文藝春秋読者賞を受賞して文壇に復帰。相撲好きで横綱審議会委員を終生務めた。文化功労者。

「古き城下町にて」――、と私はノートのはしに走り書きをした。幻想のいとぐちが、そんなところからひらけて来そうな気がしたからである。彦根の宿で、その部屋は数年前、天皇陛下が行幸のとき、御寝所になったということを宿の女中が、もったいをつけた調子でいった。その言葉が耳にこびりついていた。

何気なくいった女中の言葉が、あるいは、明治の末にうまれて、天皇という言葉の威厳にうたれる習慣のついている私の耳にそうひびいたのかも知れぬ。ほかの連中はまだ眠っているらしい。昨夜は、いよいよ旅の終りだというので気をゆるして度はずれに飲んだせいか、おそろしく長い廊下を雪洞を持った女中に案内されて、この部屋へ入ったことだけをおぼえている。あとの記憶は、もうごちゃごちゃに入りみだれていた。

伊吹の周辺をめぐる、というB雑誌社の計画で、関ヶ原を中心に中山道を自動車でうろつき廻っているうちに、同じ場所を何度も行きつ戻りつしたせいか、史実と土地の印象はゴタゴタとして断続的にぼやけてしまっていた。

スケジュールの立案者は名古屋に本社のあるC新聞社の文化部員で、岐阜の在に住んでいる林田君である。何度も土地の実地踏査を行った上で、しっかりと組み立てたスケジュールには一つの無駄もなければ狂いもなかった。戦争中は海軍の航空大尉で、彼の乗っている飛行機が撃ちおとされ、海上に二日間漂流してからやっとアメリカの駆逐艦に救助されたという異常な体験を持っている林田君は、名古屋から、もう十年ちかく同人雑誌を出しているS文学グループの同人だった。彼の身体はまるまるとふとって、見るからに精力にあふれている。私は、一切のことをキビキビした態度で割りきってゆく林田君の言葉つきや動作の中から生死の間をくぐりぬけてきた男にふさわしい面魂をかんじていた。

彼の表情には文学青年らしい神経的な翳がなく、そうかといって軍人特有の押しのつよい、形式ばった太々しさもなかった。唯、社から命ぜられたとおりに自分の限界をまもって、責任を遺憾なく果すという事務的な感情だけで動いているように見える。同行者は、C新聞と関係のふかい上に、私と古い知合いで伊吹周辺の土地に精通している稲村君、それにB社から私に同行してやってきた河瀬君の三人であった。伊吹周辺の風景を中心にして一篇の紀行録をまとめあげようというのが今度の旅行の、先ず目的といえば目的であった。

終戦以来、急に健康の衰えの目立ってきた私は、東京を立つときから持病の胃酸過多で、みぞおちのへんに疼痛をおぼえていたが、四日間、特に酒を警戒していたせいか彦根へ着くまで、何の発作も起らず、肉体的な苦痛はほとんどかんじなかった。

天皇陛下の寝室であったという部屋は鍵なりになった廊下の角にあって、つぎの間とのあいだを襖一つで仕切られていた。うしろに小さい床の間と、ちがい棚があるだけで、ほかに何の装飾もなかった。ほそ長い部屋全体からうけるかんじは、私が学生時代に暮していた下宿屋の一室を思わせた。

この数年来、深酒をした翌朝は四時をすぎると、もう眼のさめる癖がついている。夜あけちかくに眼がさめたせいでもあろう。床の間にかけてある茶掛けの軸も、何か由緒のあるものらしかったが私には何の興味もなかった。ぼうっと眼にうつった煤けた柱の色が、低い天井とぴったり調和している。古さの沁みついた壁にも何となく親しみがあった。

行く先き先きで書いてきた私の覚え書きは、同じような土地の印象にうずまっているので、偶然ひらいたところにうかんでいる、「菜種の花」「竹林」「焼芋」「はるかに橋が見えてきた」「桃咲く村」「伊吹は夢のごとく」——と、走ってゆく自動車の窓から見た景観の心おぼえも、今となるとそれがどこであったかという記憶はあとかたもなく消えつくしていた。印象に附随する聯想作用なぞは起るべくもないのである。四日前、名古屋を出発したときから空が晴れていたので、木曾川を渡る頃から伊吹山は純白の雪に掩われた姿を雲の上にうかべていた。近づくにつれて何の屈托もなければ躊躇するところもなく、徐々に角度を変えながら空の行手に、冷然としてそびえていた。

私が今まで関ヶ原へやってきたのは、季節がほとんど秋にかぎられていたので、——雲がふかく、それに、気流のせいもあったが、伊吹の全容を見たということは一ぺんもなかった。大抵、尾根の線をうすくぼかして、往き来のはげしい雲の中に姿を没している。思わせぶりというよりも、むしろ、ふふんとせせら笑っているような冷酷無慙な逞しさであった。関ヶ原合戦なぞを眼中においていないぞといったかんじで傲然とうそぶいているところに、私は心をひかれたのである。

私の家の書斎には、友人の洋画家である向江俊吉の、関ヶ原を描いた画がかかっている。画面は北国街道の入口にある古い民家のゴテゴテとならんでいるところから正面に見える筈の伊吹をとりいれた構図であるが、小雨の降る十月の終り頃で、伊吹の見える場所は暗く、濁った雲にとざされている。右手には泥溝のような川が白いあぶくを立てて流れ、時代の沁みついた陰惨な影が画面全体を掩って、伊吹山麓の、ひそやかな寒駅がまざまざとうかびあがっている。向江俊吉もおそらく写生旅行に来て、伊吹を描くことを断念したにちがいない。しかし、その雲のうしろに伊吹のあることだけは、ハッキリわかった。四日前、関ヶ原に入って、日暮れがた、風のつよい岡山の家康陣地から見た伊吹は、憎々しいほど肩をそびやかしていた。私は二年前にも関ヶ原三百五十年祭に招かれて、町にあたらしくできた公民館で一席の講演を試みたことがあり、街道筋のほそ長い通りは、近在から出てきた農家の人たちがごったかえしていたが、道の両側にならんでいる屋台店にも、都会地の縁日で見るような豊かな色彩にあふれた商品はなかった。どの店もすき間だらけで、戸板の上にぽつんぽつんとおかれている駄菓子や玩具の類も、夜風にはためくカンテラの灯かげに、ひとしお侘しさをふかめるだけである。講演が終ってから、この町で醸造業をやっている有力者の家で夕食の御馳走になり、そこで、ひとやすみしてから、ふらりと外へ出ると、街道を行き交う人の影が路上にもつれていた。ざわざわと鳴る夜風をつたってジンタの楽隊の音がひびいてきたのである。町はずれの、大谷吉継戦歿の地とされている藤川台にちかい広場に「サーカス」がかかっているのであった。

夜風が高原をわたるごとに、色褪せた囲いの幕が風にはためいていた。丸太を組み合せてつくった正面の櫓には、楽隊の一団が陣どっていた。周囲の暗いせいか、「私のすきな羊飼い、今日も必ず来るであろう」——と、同じリズムをくりかえしながら吹きならすフリュートの音が、人の世の落魄のすがたを如実に示すような哀れさをこめて胸を締めつけられるようであった。その一団の中にほそ面の、どこかに気品のある、一見して芸妓あがりと思われる四十前後の女が櫓の片隅に立って、片手に扇子を持ちながら、じっと下を見おろしている姿が妙に心に残った。人生の幾変転をくりかえして、やっと、どんづまりまで来たというかんじでもあるし、生きるか、死ぬかという境目まで追いつめられながら、まだ老いすがれた愛慾に身も心もささげつくしているという恰好でもある。それが、関ヶ原だけに、いかにもこの環境にふさわしかった。

今度の旅行で、私は、関ヶ原を四日間に二度往復している。最初は関ヶ原から大垣へ、そのつぎの日は、岐阜から関ヶ原へと、同じ道を走りつづけた。史蹟に重点をおいたわけではなかったが、自然にそういう結果になったので、同じ場所を何べんとなく歩いたせいか一つとして新鮮な印象をよびおこすものはなかった。むしろ、二年前に見たサーカスの櫓の上に扇を持って立っていた四十女の姿だけが不思議に今でも私の頭にこびりついているのである。

障子の桟にうつる陽ざしがぼうっとあかるくなってきた。私は廊下のそとへ出た。雨戸があけ放したままになっているのでガラス戸の錠をはずすと雨気をふくんだ風が冷々と皮膚に迫るようである。

酒に疲れた眼に近くに見える山の緑があざやかで、すぐ眼の前にある松林の上から、ぼやけたような陽ざしがキラキラと池の水に映っていた。松林の先きにある琵琶湖はうすい靄に掩われて、どろんと雲につながる空白を水平線の上に残している。

私が硝子戸をあける音で眼をさました稲村君が眠そうな顔をして起きてきた。

「やっぱり家鴨ですよ、――ほら、そこにいるじゃありませんか?」

そういえば、昨夜、C新聞の彦根支局長を加えてテーブルをかこんでいるとき、稲村君と、B社の河瀬君とが、窓の下の池で鳴いているのは家鴨か食用蛙かということについて長いあいだ論議をつづけていたことをおぼえている。

その鳴き声が耳につくほど、気合いのかからぬ、ひっそりした夜だった。窓をあけてみても外が暗いので物のかたちをハッキリと見とどけることができなかった。

稲村君のゆびさす池の一角には、竹で囲いがしてあって、その中には、たしかに家鴨らしいものが動いている。

「ちょうどこのへんが伊吹なんですが、今日はまるで曇っていますね」

稲村君が私のうしろから背伸びをして、感情のこもった声でいった。五十をすぎた稲村君の顔も、無精ひげにうずまっているせいか、面やつれがして生気がなかった。

伊吹山麓の寒駅をつぎつぎと歩いて、バタバタとすぎてしまった四日間の記憶がうすい靄の中に影をちらつかしている。彦根についたのは昨日の夕方であったが、私が、二十年前に来たときとくらべて、危うく戦災をまぬがれたこの城下街にはほとんど変化のあとも見られなかった。昨日は街の祭日で、私たちの乗った自動車が、昔の槻御殿のあとであるというこの旅亭の玄関に着いたとき、芸妓を満載した山車がわりのトラックが、行事の手踊りを終えて動き出そうとするところだった。宿の女将らしい老婦人が遠来の客に対する心づかいであろう、街の顔役らしい、黒い眼鏡をかけた、でっぷりとふとった男に何かささやくと、芸妓たちは、もう一度芝生に勢ぞろいして音頭の三味線に合せて踊ってくれた。

彼女たちはいずれも行儀正しく、踊りがすむと軽く目礼してトラックの上にある座席へ落ちついたが、そこで、また、余興のかっぽれを踊った。二台にわかれたトラックは、そのまま、ゆるゆると門の方へ動きだした。

しいんとした城下町にふさわしい質素な風景であった。芸妓が二十人しかいないというこの城下町では、格別けばけばしい身装をした女もいないせいか、温習会で舞台を見ているようなかんじで、旅に疲れた情感をゆすぶり動かすようなものはどこにもなかった。

荒廃した中山道の宿場をつぎつぎ通りぬけてきた私の頭にはどの町も同じように古くくすんで、ひそやかな生活の中にじっと息をひそめていた。軒の低い家の前には必ず二重の格子戸があって、その上に埃が堆くつもっている。結局、素通りした慌しさだけが頭に沁みついているだけで、陰にこもった空気の重苦しさが行く先き先きの風景にしっとりとまつわりついていた。時代の外に置きざりにされたまま寂寥と孤独に堪えて、生きているというかんじである。

「今、思いだしたが、ゆうべ、夜中に三味線の音が聞えてきたよ、――何だか妙な気持だった」

「そんな筈は」

と、稲村君が、どきっとしたように顔をあげた。そういわれてみると私にも、特に自説を強調するほどハッキリした記憶はなかった。

「ゆうべは、狐の啼き声で眼がさめましたよ、それが、ちょうど私の寝ている部屋の縁の下です」

「そいつは気がつかなかったな、――僕の耳には、たしかに遠くの方から三味線の音らしいものが聞えてきたが」

池を境にして、昔の井伊家の下屋敷が、もう一軒、となりあって別の旅亭になっている。夜中に便所へ立つとき、たしかに灯かげが水にうつっているような気がしたが、しかし、早春とはいえ、古さびた庭園には時代の古さがぬきさしのならぬ翳をひそめている。池にうつる灯かげはなまめかしいというかんじではなかった。

「狐の啼き声というやつはどこで聞いても陰気ですね、私は山の中で何度もきいたことがあるんで、――やっぱり、山つづきの庭ですから、どこかに狐の巣があるかも知れませんよ」

「そいつは惜しいことをしたな」

いつのまにか空が曇ってきたらしい。「すると、何だな、この部屋に天皇陛下がお泊りになったとき、狐の声が天聴に達したというわけだな」

朝飯を喰べる頃から、とうとう本降りの雨になった。昨日まで、ひとりで気を張っていたせいか精力のかたまりのように見えた林田君の顔にも、さすがに疲労の色がうかんでいる。四日間、二百八十キロの行程で、若い運転手の中島君もげっそりと疲れていた。

待っているうちに、雨が小やみになってきたので、私たちは自動車で佐和山の下まで行き、山麓にある龍潭護国禅寺の裏手から、落葉を踏んで佐和山にのぼった。晴れた日には琵琶湖は眼下にうかんでいる筈であるが、周囲の眺望はことごとく狭霧につつまれて、彦根の街も辛うじて一角だけを見せているに過ぎぬ。それから山を下って、清涼寺の前から街中の宗安寺にある木村長門守の墓に詣でた。これで、いよいよ伊吹周辺の旅は終ったことになるのである。

街中のレストランで昼飯を喰べると、私は、河瀬君と稲村君のあいだにはさまって、自動車のクッションによりかかった。そのまま、うとうとと眠りはじめた。自動車はいつの間にか彦根の街をはなれて、ひた走りに街道を走りつづける。

「伊勢をぬけて、名古屋まで九十三キロです、きっと夜になりますね」

林田君が地図を手にして助手台から振りかえったが、私は、黙ってうなずいたままで、うっすらと眼を瞑じた。中山道の小駅を一つ一つ通りすぎて、一時間ちかく経ったと思われる頃、やっと眼をあけてみると、道はふかい渓谷にさしかかっている。

「老蘇の森ですよ」

渓流の尽きたところで林田君がまた振りかえった。両側の山は灰色の雲にとざされて、眼に入るものは森と渓流だけであった。渓谷は坂に沿ってうねうねとつづき、桜の老木が河岸に幹をならべていた。まもなく雨に煙る街道のはずれに菜種の花の黄色がぼうっとうかびあがった。

「ほら、向うの山かげに塔が見えるでしょう、あれがたしか安土城のあとだと思うんだが」

なるほどゆるやかな山の線が低く折り重って、襞のようになったところに古風な五重の塔らしいものがちらちらと見えた。

道の曲り角まで来たところで、傘をさして歩いてゆく若い女の姿をみとめると、林田君は運転手に急停車を命じた。

「ちょっと伺いますが安土までは、よほど遠いですか?」

だしぬけに声をかけられた女は、どぎまぎしたように、ぼうっと顔を赧らめながら、

「いえ、そこ、山のむこ(向う)です」

と、ほそい声で答えた。

「じゃあ、この道を曲るんですね?」

「こう、こっちへ」

と、傘を持ったまま女は上体をくねらせた。「こっちへ、はいらはったらよろしいや」

しかし、林田君も安土までゆく気持はないらしかった。私はほっとした思いで、またうしろのクッションによりかかった。水口をぬけて土山へ入り、関の町へさしかかる頃からあたりは次第にうす暗くなってきた。亀山から鈴鹿峠をのぼり、峠の茶屋でひとやすみして、渓谷に沿った坂を下ってくると、通りすぎる街道の宿駅には灯かげが点々とうかんでいる。どの町もがらんとして人通りはほとんどなかった。同じような低い軒がずらりとならんでいるが家の中には人の住んでいそうな気配もないほどしいんとしていた。四日市の街の灯が霧の中から、ちらちらと見えかかる頃から、あたりはすっかり夜になった。桑名を通りすぎて、伊勢大橋へさしかかったところで眠っていた稲村君が、どきっとしたように眼をさました。木曾川を渡ると、もう名古屋の街が右にあかるくひらけている。

「さア、いよいよ帰りましたよ」

林田君が、肩を落して、にやにやと笑いかけた。「どうです、宿へ帰る前に中村遊廓をひと廻りして御覧になっちゃあ」

「いいですね」

私が機みのついた声で答えた。四日間、伊吹の周辺をうろついてきた私の眼に、名古屋の街の灯が、急にいきいきと流れるように迫ってきた。

その晩、街中の旗亭で、C新聞の文化部長である江上君に会い、夕食の卓をかこみながら私は、たった今通ってきたばかりの中村遊廓についての思い出を調子にまかせてしゃべりつづけていた。あの一廓だけが戦災をまぬがれたということも意外であったが、昔の店構えがそのまま形を残しているということはなつかしいかぎりであった。まだ支那事変の起る数年前であるから、時代の空気は平穏というよりも一種の無風状態というべきものであった。

その頃、大阪に本社をもつM新聞が、東西社員の慰労の意味をもつ大宴会を、豊橋と名古屋の両市でひらいたことがある。豊橋の宴会は豪華絢爛を極めたものであったが、そのとき、まだ三十代だった私は、私と同年輩の新進作家で、人柄が良いのと、一種独特な、ゆとりのある文章技術とユーモラスな表現のために、誰からも親しまれていた高伏鱒二とふたり、名古屋で催される文芸講演会に出席するという名目で、慰安旅行に招待された。

話は、その講演会と盛大な宴会が終ってからである。

「僕は高伏といっしょに、その晩東京へ帰る約束をしていたものだから、M新聞の設営係に頼んで無理矢理に寝台券を二枚とってもらったんだ、ところが高伏のやつ、いやにそわそわしている、——汽車が熱田でとまると、新聞記者らしい青年が僕等のいる食堂車へ入ってきた、すると高伏のやつ、じゃあ失敬、僕は此処で降りるからといって恐ろしい勢いでとびおりてしまったんだ、もっとも飛びおりなくっちゃ、熱田なんていう駅に急行列車が長く止っていやしないからね、むろん、僕も彼の気勢に誘われていっしょにとびおりてしまったよ」

ぐっと一杯ひっかけてから、私は、もう一度自分の記憶を確かめるように言葉を途切らせた。そのとき、その若い新聞記者と高伏とのあいだには何か黙契があったのかも知れぬ。それを高伏から聴いたような気もするし聴かなかったような気もするが、とにかく二人とも熱田でとびおりたことだけは確かである。

「じゃあ寝台券は捨てちゃったんですね」

江上君がきょとんとした顔を向けた。

「そうだよ、——だから改札口ですっかり怒られちゃったよ、とにかく名古屋から熱田まで寝台車に乗ってくる馬鹿はいないからね、名古屋の駅じゃ寝台券がなくて困っているときに平気で捨ててゆくんだから無茶なはなしさ」

そのとき、どういう順序をとおって行ったかということはまったくおぼえていないが、行った先きが中村遊廓で、「青海波」という家だった。その家が昔ながらの場所に、前よりも堂々たる構えになって残っている。結局それだけのはなしであるが、一夜にして終った記憶の中に影を残している高伏の姿も私の姿も若々しい精彩にあふれていた。その晩のことを私は今でもあざやかに思いうかべることができる。酔うにつれて私は昔ながらの、ひた向きな強引さをムキ出しにしてきた。

「さア、ゆこう、中村遊廓へ」

江上君が私の主張をうけ入れて、腰をあげるまでには相当に時間がかかった模様であるが、私はどうしても葬式があって家へ帰らねばならんという林田君と途中でわかれ、ほかの三人をせきたてるようにして「青海波」の門をくぐった。前置きがおそろしく長くなったが、話は、私がひと騒ぎしたあとで、一人の女の部屋に、ぐったりと寝込んでしまい、眼がさめてからの出来事である。

まだ時間は十二時を過ぎてはいなかった。大びけ、——という遊廓用語が今日もまだ残っているかどうかは知らぬが残っているとすれば、たしかに大びけ前である。

夜中に眼がさめた私は、もう宿へ帰ろうという気力はなかった。所在なさにポケットに旅の覚え書きを書いたノートのあったことを思い出し、女の眠っている寝床から這いだして、壁にかかっている上衣の内ポケットから小さいノートをとりだし、蒲団の上へ腹這いになったままで頁をひろげていた。

私が鉛筆で写生した伊吹山の画が二三頁をうずめている。「南宮山、一三七〇」「牧田川の瀬音つよし」「今や退くべき道なし、多良街道をゆくべきか、いよいよ絶体絶命、烏頭坂、死すべきときにあらず」「坂の曲りくねり」「町角の郵便局」――

これは牧田路から、島津の脱出した道を逆に関ヶ原へ入っていった最初の日の記録である。

「石碑丘の上にあり、島津にあらず」と書いてあるところで、私が次第に頭によみがえってくる回想を整理していると、女がだしぬけに眼をさました。

「何してるの、あんた」

丸顔の、齢は二十五六であろうか。肉づきのいい、善良そうな顔を私の方に向けた。しかし、そのあとで、彼女は急に親しそうな微笑をうかべたと思うと、横になったままで右手をぐっとのばして、私が枕元でひろげていたノートをとりあげてしまった。それからすぐ上向きになって、ひらいたままになっている頁から一字一字むさぼるようによみはじめた。

「駄目だよ、そんなものは、――読んだってわかりゃしないさ」

「いいんだよ」

彼女は、崩した字の読みにくいところへくると眉をひそめたり、首を傾けたりしていた。が、その顔には次第に真剣な表情がうかんできた。

「終戦後遺物は残らず売り払い、売れるものは屑屋に売った。財産整理の後、僅かに残ったのは、小西の鞍——黒蒔絵に群鳥、と宇喜多の紫陽花の鞍、ついに夫婦わかれして女房は行方不明となれり」

そこまでくると女は、ううん、とひとりでうなずきながら、もう一度覗き込むようにして私の顔を見た。これは、最初の日の夕方、関ヶ原の郷土史家であるF氏を訪ねたとき、関ヶ原の遺物を保存していた竹中丹後守の末裔が没落するときのことを聞いて、そのまま覚え書きにしたものである。

彼女は、一枚一枚めくって、「伊吹は既に雪ふかく、石田、自殺の勇気なし」と書いてあるところへくると、口をすぼめるようにしてにやりと笑った。最後にちかづくにつれて覚え書きの文句は、だんだん簡単になってくる。

「ついに名古屋、九十三キロ、鈴鹿川、いづみ橋」

彼女は、そこでぴたりとノートをとじた。それから、私の肩に軽く手をかけて、抱きよせるような恰好をしながら、

「あんた東京でしょう?」

「うん」

「会社員?」

そのあとで、慌てて首を振ってみせた。「石田さんって、あんたのお友だち?」

不意に枕から首を前に落すようにして、またにやりと笑った。

「人間なんて、みんな同じものなのね、あたしも日記を書いているのよ、見せようか?」

「うん、見せてくれよ」

彼女は寝巻の裾を乱したまま、ひょいと立ちあがったと思うと箪笥の抽出の中から学生用の部厚いノートをとりだした。小さい字で縦にぎっしりと書きこんである。

「二月十四日。文ちゃん、昨日は約束どおり来てくれてどんなにうれしかったか知れないわ、志摩子、もうあれきりで会えないのかと思っていたの、今日の幸福が明日までつづくなんて、そんなこと考えたことは一ぺんもないのよ、いつかの晩も刑事がだしぬけにやってきたとき、私、ああ来たなと思っただけで、この前はいろんなことをいってほんとにすまなかったと思っているの、もし初ちゃんに会ったらくれぐれもよろしくね、」

志摩子というのが彼女の名前であろう、彼女は私といっしょになって自分のノートを読んでいたらしい。そこまでくると、横からひったくるようにして私の手からノートをとりあげてしまった。

「何だ、お前のは手紙じゃないか？」

「出さない手紙なのよ、相手がどこにいるかわからないんだもの」

遊廓の中はひっそりとしてレコードの音も聞えなかった。

「あんたも根をつめて考えるくせがあるのね、ああ、絶体絶命か」

志摩子はわが意を得たというかんじで私の肘を小突いた。

「どう、ひと風呂浴びにゆかない？」

「どこへ」

「この突きあたりの階段をおりてすぐ下に、――さっぱりするだけでもいいじゃないの」

「じゃあ行こうか」

彼女はすぐ蒲団をぬけだし、違い棚の上においてあるセルロイドの小さな洗い桶を抱えるようにして先きに立った。もはや、過去もなければ現在もない。唯、行きつくところへたどりついた人間の生態だけが一つの宿命の中に落ちついているのである。

この行きずりの一夜の出来事も、今や私にとっては単なる笑いばなしではない。これを生活力というような言葉で止めをさすことのできないほど切ないものが彼女の胸の底にかくされているのだ。私はふらつくような足どりで階段をおりながら女によびかけた。

「おい手拭はあるかい？」

「ええ」

くるりとうしろを向いてから、だまって大きくうなずく志摩子の顔に、私は、ひとかどの嫖客らしい落ちつきをみせて、ニタリと笑ってみせた。

穴の底

伊藤人譽

伊《い》藤《とう》人《ひと》譽《よ》

一九一三―二〇〇九

東京生まれ。東京逓信講習所卒業。同人誌『小説界』『文学四季』などに参加。主な著作に、短篇集『登山者』、長篇小説『猟人』『ガールフレンド』などがある。二〇〇四年、四十数年ぶりに短篇集『人譽幻談　幻の猫』を、〇五年には『馬込の家　室生犀星断章』を、〇八年には短篇集『續人譽幻談　水の底』を刊行した。

穴そのものは特に変っていなかった。形は円く、直径五メートル位、ギボウシの生い茂った草地の縁からすり鉢のようにくぼんでいて、更にその中央に、直径二メートル程の深い穴がほとんど垂直にえぐられているのである。なぞえの部分は黒ずんだ、なめらかな岩で、中央の穴も見える限り同じような岩からできていたが、穴の底までは分からなかった。ただ不思議なのは、どうしてこんなに深い穴が、山の中腹の林の中に、口を開けているのだろうかということだった。

彼はかたえの木の幹に手をかけて、からだを伸ばしながら、穴の中をのぞき込んだ。視線は底まで届かなかった。しかし、どうやら穴の内部は、この夏の陽にすっかり干上がっているらしかった。穴の底が見えないので、彼の好奇心は充たされなかった。そこで彼はおもむろに穴の周囲をめぐり始めた。

彼はリュックサックを背負い、片手にピッケルをにぎりしめていた。彼は穴の縁を回りながら、一と足毎にピッケルをついて歩いた。違った角度から眺めても、穴の様子は変らなかった。視線はやはり穴の底までは届かない。そこで彼はなぞえの岩にピッケルを突き立てて、静かに身を乗りだした。ところが、この時、ふいに滑らかな岩の面を石突が走った。そのため半ばピッケルに身をもたせていた彼は、重心を失なって、すり鉢形に傾斜した岩の上に倒れ込んだ。

とっさに彼は、自分のおちいった危険の恐ろしさを直感した。本能的に手を伸ばして、岩の面に爪を立てた。が、その間も彼のからだは斜面を辷り落ち、更にその中央の穴の中へ墜落した。

穴は思ったより深くはなかった。彼は落下の時間でそのことを知った。彼の足は固い穴の底に突き当たり、彼自身は勢い余って尻もちをついた。しかし、幸い大した怪我はしなかった。落下の衝撃が思いの外弱かったのは、穴の壁にいくぶん傾斜があったためで、彼のからだが辷り落ちる時の摩擦で、落下の速度をゆるめたからである。

彼はすぐさま立ち上がって、穴の上縁を見上げた。岩壁の高さは彼の身長の二倍ほどで、岩は固く滑らかで手懸りがなかった。ピッケルを片手に高く差し上げると、その嘴は、穴の縁より五寸ほど下まで届いた。穴の壁にはいくらかの傾斜と凹凸とがある。今もしピッケルを踏み台にしてその上に立ち、岩の面に体をぴったりとつけ、その摩擦の抵抗を利用して、わずかな傾斜と凹凸とを巧みに役立たせれば、残りの高さをよじ登るのは、あながち不可能ではなさそうに見えた。

彼は早速その仕事に取りかかった。所が穴の底も壁と同じ滑らかな岩なので、ピッケルの石突が彼の身を支える程しっかりとはとまらないのである。焦って、いくどかピッケルを踏み倒したあげく、彼は自分のおちいった災厄の恐ろしさを、骨身にしみて感じ出した。落ち着きが必要だ。だのに彼はいらいらし始めてきた。その上、一切が馬鹿げたことだという観念を、心から消し去ることができなかった。彼は新たな方法で、慎重に且つ徐ろに仕事に取り掛った。先ずリュックサックを岩壁に接した穴の底に置き、その中央にピッケルの石突を差し込んで、嘴を岩にもたせかけるのである。これはうまく行った。彼はピッケルの上にのり、徐々に身を伸ばして、岩の壁にヤモリのようにはりつくと、両手をできるだけ高く差し伸ばした。その指先から穴の縁まで二尺は充分ある。彼はよじ登ってみた。結果は哀れなほど呆気なかった。二分たたない内に、彼は足を踏みはずして、元の穴の底に辷り落ちていた。

それから一時間余りというもの、彼は岩壁のあらゆる個所で、同じ試みをやっきになって繰り返した。だが、二尺の高さは、素手の彼に、どうしてもよじ登ることのできない障碍だった。

疲れ切って、あえぎあえぎ大汗を流しながら、彼は穴の底にしゃがみ込んだ。穴の底のさしわたしは、彼がからだを横にすると、足をちぢめなければならない位の広さである。穴の口はそれよりも幾分大きく、その上は、岩にまるく縁取られた青一色の空だった。ここでは空より外には何も見えない。そしてこの眺めの単調な憂うつさほど、その時の彼の絶望にぴったりしたものはなかった。

彼は坐って考え込んだ。彼は山頂に近い岩かげで一夜を明かして、その日は朝早くから斜面に刻まれた小路を辿り続けて来たのだ。それから途中で路に迷い、迷ったと気が付いてからもなお引き返そうとはせずに、単に方角を頼りに下り続けて来たことを、明瞭に記憶している。従って、遥かに登山路から隔っている筈のこの穴の底で、声を上げて救いを求めたとて、どうにもなりはしないことも明らかだった。

そういう事態の深刻さを見極めるのが、彼には恐ろしかった。ともかく、登らねばならない高さは二尺である。彼はそのことを考えた。ただその穴の壁に、手や足が懸るだけの窪みさえあれば足りるのだ。では、それを造ったらどうだろう。窪みは四つ——手懸りと足場とにそれぞれ二つずつ穴をうがったら充分である。

彼は再び立ち上がって、うがつべき穴の位置を選定した。それから両手にピッケルをふるって、手許にしびれが伝わるほど固い岩の面を、根気よくうがち始めた。仕事は容易にはかどらなかった。疲れてくると、彼はピッケルを捨てて窪んだ岩の面をなで、その手ざわりに遠い希望を感じながら、穴の底に腰を下ろして、しばしの間身を休めた。

最初の穴をうがち終えた時、彼は初めて時間を見て、正午真近なことを知った。夏の陽が、頭の真上に差しかかっていた。彼は全身流れるような汗にまみれて、烈しい渇きと空腹とを覚えた。彼は水筒から一と口の水をのみ、丁寧に栓をしたが、食事をするだけの落ち着きはなかった。ただやたらに気がせいていた。その上、このような穴の底で死物狂いにもがき続けている自分が、まだ何やら気恥ずかしくも感じられた。彼はいくどか立ち上がって、同じ仕事を繰り返した末、綿のように疲れ果てて、穴の底に身を横たえた。

うがち終えた窪みは、一箇所と半である。これだけの仕事で、すでに身じろぎも大儀なほど疲労に圧倒されていた。その上、残りの部分の完成に、あと何時間の労力が必要なのかと想像すると、その茫漠とした見通しが、彼の気持を滅入らせた。いずれにしても、この陰うつな穴の底で、みじめな夜を過ごしたくないというのが、彼の意識の底にある執拗な願いだった。

身を横たえていると、彼はまたもや烈しい空腹を覚えた。食料はリュックサックの中に、あと二日分確かに残っている筈だ。これは多分三日分にも足りるだろう。しかし、その半分は生米とジャガイモとである。彼は考えた。よもや仕事は二日とは掛るまい。とすれば、この乏しい食料を難船者のように極く小量ずつ口にして万一に備えるより、むしろ必要なだけ摂取して仕事の能率を高める方が好いに違いない。そこで昼食を認めたが、そのため飯盒の中身は半分になった。更に彼は一ぱいの水を飲み、煙草を一本すって元気をつけた。

その時こういう考えが浮かんだ。全体が朝顔形をしているこの穴の周囲は、木立に取り巻かれている筈である。若し細引の一端をピッケルに結び付け、そのピッケルを勢いよく穴の外に投げ上げてから、静かに細引を手繰りよせたらどうなるだろう。木立の中に落ちたピッケルは、あるいは木の幹か枝にでもからまるかも知れない。若し運よくピッケルが何かに引っ懸れば、彼は細引をたよりにして、穴の外へ脱け出すことができるわけだ。

この思い付きは、すこぶる彼の意にかなった。そこで直ぐさま用意を整えて、彼はピッケルを力まかせに投げ上げた。最初の内は何の効果もなかった。しかし根気よく繰り返している内に、ついに目的の手応えがあった。細引を引いてみると、ピッケルは今までのように辷り落ちて来ない。少しずつ力を加えてみたが、手応えは充分である。彼の喜びは非常なものだった。落ち着きが肝心だ。リュックサックはどうしよう。これをのこして行くわけには行かない。そこで彼は細引の一端をリュックサックに結び付けた。それから、自分は身軽のまま細引をたよりに岩壁をよじ登り、ほとんど穴の縁まで達した。その時、彼のからだは、細引をしっかり握りしめていたにも拘らずがたりと一寸程ずり落ちた。彼はとっさに手を伸ばして、穴の縁をつかもうとした。する所が、岩の面は滑らかで、その上角度が鈍かったので、彼の手は懸らなかった。すると、彼の体は続けさまに一二寸ずつずり下がった。それはまるで心臓が下方へ移動して行くような、名状しがたい恐ろしさだった。彼はあわてて穴の縁を登ろうとして手に力を込めた。と、そのはずみに、彼は更に五六寸ずり下がり、続いて細引をにぎったまま穴の底にてん落した。

彼はひどく足を打ったため、すぐには起き上がることもできなかった。その上、一つのことが彼を全く意気沮喪させたので、彼は穴の底に横たわった儘、身じろぎする気もなくなっていた。というのは、細引の端に結び付けておいたピッケルが、細引と一しょに落ちて来なかったからである。彼の作った結び目は、ピッケルの柄を辷って抜けて来たものと見え、ピッケルだけが穴の外に取り残されたのであった。

彼は最初にピッケルを投げ上げる時から、なぜかピッケルは当然横向きに引っ懸るものと思い込んでいたのである。所が実際には、ピッケルの嘴が何かに引っ懸ったらしかった。それで彼のからだの重味が加わってくると、結び目は次第にピッケルの柄を辷って、最後には一息に石突の方からすっぽりと抜け去ったのであろう。

その上、悪いことには、墜落の衝撃で、左の足首の骨が折れていた。足をにぎって、静かにゆり動かしてみて、彼はそのことをはっきりとさとった。じっとしていると、痛みはさほどに感じられなかったが、どのみちこの分では立ち上がることも覚束なそうだった。

これらの一切は、彼を絶望に追いやった。今や彼は、水を離れた魚のように我が身を感じた。彼の未来は明らかだった。彼はこの穴の底に横たわったまま、遠からず飢えにたおれて行くことであろう。生きながらにして墓場に埋められたも同然な今の身の上を考えると、それ以上ものを思う気持にもなれなかった。

穴の底は暖かった。ほのかな、心地好い、眠気をもよおす暖かさだった。彼はうとうとして、目の前に細引のぶらさがってきた幻を見た。彼ははっとして我に返り、何やらわけの分らない驚きにかられて飛び上がった。きょろきょろとあたりを見回したが、岩壁より外には何もなく、青い空は晴れわたって、無限に高かった。と、鋭い恐怖が——刺すような痛みが、心のうちにわき起った。彼はがまんができなかった。思わず知らず口に出して、大声に叫んだ。

「おーい、助けてくれ！」

ひとたび自分の発した声音を耳にすると、彼の心は一時に弱気がつのってきた。彼は繰り返して、「助けてくれ！」と大声でわめきながら、まるで奇跡が現われるのを待ち望みでもするように、高い青空を見続けていた。間もなく彼はわめき疲れ、ほとんど声も出なくなり、穴の底にうつ向いて、無言で涙を流して泣いた。我に返ったのは、三時頃だった。その日の残りは、同じような絶望のうちに過ぎた。日が暮れると、彼は穴の底に横たわって、ともかくも眠りに落ちた。


彼は暗闇の中で目を覚ました。穴の底は岩の床で、枯葉や小枝が散りしいていた。少し寒かった。それに床の固いのと、凹凸のあるのと、自由に身動きができないのとで、体の節々が痛んだ。空を見上げて、真黒な岩壁と、限られた円内にきらめいている星を眺めた感じは、まことに異様なものだった。彼は空腹をおぼえ、同時に何やかやを思い出した。夕食を食べていなかったのだ。彼は心のうちで残りの食料を計算した。飯盒に一食分、夏みかんが二つ、肉の缶詰が一箇、ビスケットが若干、みそが小量、水が水筒に六分目、あとは生米にジャガイモが約一日分の筈だった。彼は手さぐりでリュックサックをひらいて、夏みかんを一つ取り出して食べた。と、起き直った拍子に、足首の鈍い痛みがうずき始め、彼の意識を死の恐怖へ向けさせた。彼の場合、手持の二・三日分の食料は、ほとんど何の足しにもなりそうもない。彼はこの乏しい食料を単に命をつなぐ程度に口にして、束の間の生命を幾日かでも引き伸ばすことはできるだろう。けれどもそれは、たとえかすかなりとも救われる望みがあっての上で、役に立つことだ。この山奥の穴の底で、人に見出されるのを待っているのに比較すれば、太平洋の真唯中で、水平線上に現われる船を終日待ち望んでいることの方が、はるかに希望にみちたものに違いない。要するに、餓死はまぬかれ得ないのだ。とすれば、飢えを待たずに何か他のやり方で死をとげる方が、心身の苦痛を一日伸ばしに先へ伸ばして行くよりもましかも知れない。そうは思ったが、たやすく自殺はできそうもなかった。ただ何となく彼はナイフを所持していることを思い出した。ナイフ——ナイフがあったのだ。ナイフに細引を結び付けて、もう一度穴の外へ投げ上げてみたらどうだろう。一度起ったことは、二度起るかも知れない。また重くて扱いにくいピッケルに比較すれば、目方も大きさも頃合いのナイフは、はるかに投げやすいだろう。いずれにしても、穴の底に坐り込んで、空しく手をつかねて死を待っているよりはましな筈である。この考えに次第に希望がわいてくると、彼は命が無性に惜しくなりはじめた。

　うとうととして、目を覚ますと、夜が明けていた。彼は飯盒に残っている米を食べ、小量の水を飲み、煙草を一本すった。食事の間は、比較的気分が落ち着いていた。彼は痛さをこらえて足首の位置を真直にし、その上からゲートルを固く巻き付けた。それから、折り畳みナイフの環に細引を通して、丹念に結び目をこしらえた。坐った儘でナイフを投げ上げるのは、骨の折れる仕事だったが、左足の自由がきかないので、それより外仕方がなかった。彼はピッケルの時と同じように、見えない穴の外へナイフをほおり上げて、それから静かに細引をたぐり寄せた。しかし、これを二十回も繰り返すうちに、彼は坐った儘で力いっぱい物を投げ上げるのが、どれほど肩の筋肉を酷使する動作かということを、骨身にしみて味あわされた。ときどき彼は腕を休めて、それからまたナイフをほおった。二時間もすると、からだ中の汗で水につかったように衣服はびしょぬれになり、肩が痛み始めて、次第に力が出なくなった。彼はビスケットをかじり、夏みかんを食べ、それから岩壁によりかかって、いつとはなしにうたた寝の状態におちた。

　やがて頭の真上から差し込んでくる夏の陽の暑さに彼は目を覚まして、足首のうずくのに気が付いた。骨の折れた左の足首が熱をもち始めたのであった。彼は穴の底にとぐろを巻いている細引を眺め、細引をたぐってナイフを引き寄せ、それからほとんど機械的にナイフを穴の外へほおり上げた。と、身のすくむような痛みが腕の附け根に起って、手の運動をさまたげた。ナイフは木立まで届かずに、穴の周囲のなぞえの岩の上に落下したものと見え、乾いた、味気ない音が聞えて、やがてひとりでに穴の中に辷り落ちて来た。届かない、という意識が、重い恐怖になって心にのしかかった。彼は再びナイフを拾い上げて、肩の痛みを用心しながら、できるだけ要領よく投げ上げてみた。前よりはいくらかよかった。しかし、期待はかけられそうもなかった。肩が痛み出したので、坐った儘では遠くへほおれなくなったのだ。立ってみよう、という考えが、この時はじめて彼の胸に浮かんだ。そこで足首を左手ににぎり、右手で土ふまずを押え、骨の折れ口を真直に合わせて、岩壁に身をささえながら、静かに片足で立ち上がった。左足も穴の底についていたが、重味はかけられなかった。しかし、どうやら立っていることはできたので、彼はまたもや腕の痛みをこらえながら、ナイフを穴の外へ投げ上げ始めた。

長い間、彼はナイフを投げていた。だが、肩の痛みを予想して、自然と手の動きがにぶる上、だんだん力も出なくなった。時には穴の外までナイフが届かないこともあり、また時にはよろめいたはずみに思わず左足に重心がうつって、骨の合わせ目がはずれると、とたんにひっくり返ることもあった。一と投げごとに、その結果を期待する気持ちはなくなっていた。ナイフが木の枝に引っかかるかも知れないという希望は、長い年月に一度ぐらいは起こるかも知れない奇跡のようにほのかなものに思われてきた。

彼はまたうとうとと眠りに落ち、夜になって眼を覚ました。穴の底は真暗で、頭上に星がまたたいていた。突然、気の狂いそうな絶望におそわれて、彼は大声を張り上げてわめいた。けだものが恐怖にかられて発するような、一種の悲痛な咆哮だった。そしてわめきながら、腕を振り回して、やたらに岩壁を叩き始めた。が、肩の痛みがうずき出すと、にわかに身をちぢめて、身じろぎもしなくなった。

夜の明け方、彼は缶詰の肉を食べ、水を飲み、そして水筒をからにした。暫らくすると、彼はナイフを取り上げて、再び仕事に取りかかった。しかし三度に一度は、ナイフは穴の縁に届きさえしなかった。投げても無駄なことは目に見えていたが、腕の動くかぎりやめることもできなかった。このこと一つに生への執着がはたらいていたからである。

この日もたちまち暑くなった。彼は生のジャガイモにみそをつけてかじり、渇きにたえられなくなると、岩壁に口を押しつけて貪り吸った。穴底に近い岩壁はかすかなしめり気を帯びていたが、陽ざしがじかに差し込んでくると、穴の中は温まって、岩の面もほてり出した。のどは渇いていたが、彼は汗びっしょりだった。そして右の手のひらににじみ出る血が汗にまじって、ナイフをつかむたびにぬるぬるすべった。しかし、間もなくナイフは止め釘がこわれて、刃も柄もばらばらになった。

彼はとうにジャガイモをかじり終え、みそもなめつくした。そのあとは、半ば無意識に手を口にはこんで、生米をかんでいたが、その袋もからになった。のどの渇きがこうじてくると、彼はシャツをしぼって、自分の汗をすすり込んだ。そして今ではただ穴の底に坐り込み、岩壁に背をもたせ、落ちくぼんだうつろな眼で、ぼんやり前方を眺めているきりだった。

一体、何日こうして坐り込んでいたのだろう。空は青く、山は静かだった。そして彼は長い間――自分の生涯にも等しいほど長い間、この穴の底に坐り続けていたかのように感じていた。目を覚しているのでもないような状態が、彼には比較的しのぎやすかった。しかし、ときおり飢えや渇きが猛然とおそってくると、彼はしきりに食物や水を妄想した。木の実ぐらいなら、何かのはずみでころがり落ちて来ないものでもない。また水なら、単に雨が降ってくれさえすれば好いのである。山では今の季節ににわか雨はめずらしくなかった。だのに、彼が穴の底に落ち込んでからというもの、空は毎日意地悪く晴れわたっていた。そして彼は青い空の下に終日岩壁に背をもたせて坐り込んでいるきりだった。

ある日、陽がかげってから、彼は眼の前にはっきりと人の姿を見た。見覚えのない、若い男だった。男は忽然と穴の底に現われ、まるで自分ひとりきりのように、暫らくの間無言で前方を見守っていたが、やがて現われた時と同様に音もなく消え失せた。

次第に飢えや渇きは感じられなくなった。ただ全身の力が抜けて、いいようもなくからだ中がだるかった。彼は自分の胃の腑が柔っかくなり、内側から溶け始めたので、そのために口の中がねばついて、甘い味がするのだと想像した。更に彼は、からだ全体も外側では水気を失なって干枯らびて行き、内側では西瓜の中身がくさって行くようにどろどろになりつつあるのだと想像した。この想像に悩まされているうちに、彼はうとうとと眠りにおちた。しかし、間もなく目を覚まして、再び昨日と同じ男を眼前に見出した。

彼は男を見守りながら、それが幻覚に過ぎないことを明らかに意識していた。だが、彼の眼にうつる形や色合いの明瞭さは、現実の場合と少しも異なる所がなかった。男の目鼻立ちや、肢体の特徴の一つ一つは、何やら見覚えがあるような気を彼に起こさせたが、何処の誰かという段になると、少しも見当が付かなかった。
一人になってからも、彼は長い間そのことを考えていた。どうやら幻覚は、彼の知っている何人もの人たちの種々の部分から成り立っているらしかった。見覚えのあるような気がするのはそのためで、また全体に印象のまとまりが付かないのもそのためだという感じがした。

幻覚の出現はますます頻繁になった。そして時には人数がふえたり、違う顔が現れたり、あるいは狭い穴の底を、彼の存在を全く無視して、歩き回ったりするのだった。幻覚が現れるのはいつも昼間で、しかも彼が眼を閉じると、現実のものと同様にまぶたにさえぎられて見えなくなった。だが、彼は今ではこの幻になぐさめを感じて、彼らの出現を心待ちに待っていた。しかし、彼が見たいと思うような幻覚は現れたことがなく、一体、自分に何の係りがあるのだろうといぶかるような連中だけが、別の世界に生きている人間のように、気儘に穴の底に出没するのだった。

空は相変らず青々と晴れていた。そして日脚がちぢまるにつれて、次第に暑さが加わってきた。やがて陽ざしが穴の底まで達するようになると、彼は汗をかき始めた。すでに彼の体内には、ほとんど水分などはなさそうな筈なのに、やはり汗は彼のからだからにじみ出るのである。彼はシャツをすすって、その水気で時折りのどをしめしながら、陽が中天に差しかかるまで、岩壁に背をもたせてじっとしていた。幻覚が現れたのは、その陽ざかりのさ中だった。男は陽ざしを浴びて、真直に立っていた。すると、極くおもむろに、一種の変化がその肉体に生ずるのを彼はみとめた。夏の陽に照らされて、男は少しずつ形を変えているのだった。

からだは徐々にやせ細り、背丈が次第に伸びてくる。顔は円く小さく滑らかになり、あごの出っ張りが消えかけている。耳たぶは垂れ下がり、今にも落ちそうなしずくのように見えている。暫らくの間に、男の相好は何やら鳥に似通ってきて、ひょろりとした細長いからだの上に、小さく円く滑らかになった頭ののっているさまは、まことに異様な見ものだった。

やがて陽ざしがさえぎられると、男の変形も停止した。そして、間もなく幻覚も彼の視界から消え失せた。

一人になっても、彼はなおぼんやりと岩壁を眺めていた。彼の五体はとろけそうにものうかった。彼は真昼の陽ざしの下で、確かに今の一切を目撃していたのだ。彼はうなだれて、考え込んだ。彼の目撃した出来事は、彼にとって、単なる幻覚というよりも、一種の残酷な暗示のように感じられた。なぜかというに、もし彼にあと五寸の上背がありさえしたら、彼はとうにこの死の穴から脱け出していた筈だからである。

午後になると、空は暗たんと曇ってき、穴の底は暗くなった。確かな時刻は分からないが、日暮れの方に近いらしい。風が烈しくなって、木立が不安そうにざわめく音が聞える。時折り頭上の円い空に、風に揺れ動く梢の一端が見えた。それは大揺れに揺れるたびに彼の視界に飛び込んでき、それから再び元に戻って、見えなくなるのである。彼は暫らくの間空を振り仰いでいたが、その時雨が降り始めた。

雨は大粒で、烈しい風をともなっていた。そして二三分もすると、岩をつたって雨水が流れ落ちてきた。彼は岩壁に口をつけて雨水をすすり、更にコップや飯盒やコッヘルをリュックサックから取り出して、穴の底に置きならべ、その一つ一つに溜まった水を片端から飲みほして行った。間もなく彼は満腹して、寒気を覚え始めた。

風は吹きつのり、雨は烈しくなって、穴の中は薄闇に閉ざされた。彼は雨具を頭からかぶって、雨水のたまってきた穴の底にうずくまりながら、歯の根も合わずにふるえ出した。

彼は一晩中うとうとして過ごした。穴の底は行水のたらいのようになり、彼は水の中に尻をちぢめて、雨具の下にうずくまっていた。

あらしが止んだのは、夜が明けてからだった。陽ざしの暖かみが感じられるようになると、彼は岩壁に背をもたせて眠り込んだ。目を覚ました時には、陽は頭上を通り過ぎていた。水はいまだに穴の底にたっぷりと溜まっていて、風に吹きちぎられた木の葉や草の葉を浮かべていた。彼はギボウシを見付けて、生のままかじった。ギボウシがなくなると、その他の葉っぱを手当たり次第に口に入れ、にがいのをがまんしてのみ下したが、のどを通らないものもあった。しかしそのせいか、いくぶん元気付いたように感じた。

暫らくすると、幻覚が現われた。それは陽ざしの下で、からだや顔形の変って行った男だった。だが、今見ると、男は元の姿に返っていた。そして岩壁の真下に突っ立って、しきりに片手を頭上に差し伸ばしている。伸ばした手の指先から五六寸程高い所に、木の枝が垂れ下がっていた。

男の手は届かなかった。それは五六寸以上の隔たりではなかった。しかし、どうしても届かなかった。男はあきらめて、間もなく穴の底から消え失せた。

彼はやや暫らくその木の枝を見まもっていた。幻覚は消え失せたが、木の枝は依然として穴の上から垂れ下がっている。

「こいつは本物か！」

彼はそういぶかって、どきりとした。

若しかしたら風に押し倒された木が、偶然に枝の先を穴の中に垂れているのではなかろうか。

彼は木の枝の真下まで這いずって行き、それから左の足首を押えて、おもむろに立ち上がった。そろそろと手を伸ばしてみると、その指先は枝の先端の五六寸まで届いた。それは五六寸以上ではなかった。彼は気の狂いそうなもどかしさを感じた。五分もたつと脇腹が痛くなり、がまんができなかった。彼は手を下ろして、しばし身を休めた。

彼は飯盒を思い出した。雨水をためた飯盒は、穴の底の水の中に、洪水にかこまれた貯水槽のように立っていた。彼は飯盒を引きよせ、ふたを探し出してかぶせた。それから飯盒を木の枝の真下において、岩壁につかまりながら、やっとのことでその上に片足で立った。

彼は静かに手を伸ばした。指の先が辛うじて枝の先端に届いた。彼は二本の指で枝先をはさんで、徐々に引き寄せた。それから、他の指に持ちかえ、右手ににぎりしめ、岩壁に身を支えていた左手をはなして、両手で枝をつかんだ。と、彼のからだは飯盒の上で覚束ない反り身になった。彼は両手で枝にぶら下がった。足の下の飯盒が倒れて、彼は枝についた葉をこすり落しながら、穴の底にころげ落ちた。

落ちたはずみに、彼はまたもや左の足首を痛めたらしかった。彼は水のたまった穴の底にうずくまって、痛む足首を押さえながら、暫らくの間身じろぎもしなかった。

再びからりと晴れた朝になった。穴の底にたまった水は、岩に水跡を残して、一寸ほど減じていた。彼はきのうのように木の枝の真下に飯盒をおき、その上に乗ろうと試みたが、幾度繰り返しても成功しなかった。木のこぶのようにはれ上がった足首は、骨の折れ口が合わなくなり、ただ単に右足で立ち上がるだけが精一ぱいだった。

やがて真夏の太陽が穴の底に差し込む頃、またもや幻覚が現われた。男は彼に向き合って、岩壁の真下に立っていた。彼は男の顔を目の前に眺めた時、一種の根強い、得体の知れない嫌悪の情をもよおした。この見覚えのあるような、同時に見たことのないような気のする顔、親しみと厭わしさのまざり合った奇妙な感情を抱かせる顔は、どうやら彼自身の顔らしかった。

彼は目の前に彼自身を見まもっていた。単に見まもっているばかりでなく、相手の心の一切の動きをことごとく感じていた。二人は顔を見合せ、相手の気持をうかがい合って、憎悪と侮蔑を互の眼ざしに読みとりながら、同時に木の枝に手を伸ばしていた。

手は届かなかった。枝の先端は、どちらの指先からも五六寸隔っている。しかし、二人は伸ばした手を下ろそうとしないで、互に相手の出様をさぐり合っていた。

すると、彼は男の肉体に、あの奇怪な変化が生ずるのを認めた。からだは徐々にやせ細り、背丈が次第に伸びている。顔は円く小さく滑らかになり、あごの出っ張りが消えかけている。耳たぶは垂れ下がり、今にもしたたり落ちそうなしずくのように見えている。暫らくの間に、男の相好は何やら鳥に似通ってきて、小さく円く滑らかになった頭が、細長いからだの上に覚束なそうにのっていた。

彼は男をまじまじと見据えながら、依然として手を差し伸ばしていた。男の手は届くだろうが、彼のからだは元の儘の筈だ。そう思いながら、彼はやはり手を伸ばしていた。すると、その指先が何かにふれた。今しがたまで五六寸離れていた枝の先端だった。

届いた！

彼は枝の先端を右手ににぎりしめて、思わずどきりとした。

幻覚は消え失せていた。だが、陽ざしの下で蠟のように変って行った男の顔は、いまだに彼の眼にありありと見えていた。

彼は両手で枝をつかみ、枝の下方に引きよせたものの、急にぐったりして、岩壁にもたれかかった。今の彼の腕の力では、よじ登るどころか、身を浮かすことさえ覚束なかった。やがていつとはなしに、彼は崩れるように背をずらして、穴の底に坐り込んでいた。

二本の足が、たまった雨水の中に長々と伸びている。彼はぼんやりと足を眺め、それから片手で恐る恐る自分の顔をなでてみた。どうして届いたのだろう。彼は心のうちでつぶやいた。届く筈はない！　届く筈はない！　彼は再び小さな円い顔を、細長い指をした手でなで回した。

落ちてくる！

伊藤人譽

老女は病院のベッドに寝たきりで、いつも天井を見上げていた。落ちくぼんだ細い目は、ひらいていても、とじていても、遠目には同じように見える。近くによってのぞくと、その目に恐怖が凍りついている。目に凍りついている恐怖の表情は、まるで目がガラスのなかに閉じこめられているかのように、ほとんどゆるむことがない。

老女の見上げている天井から、大きな白い笠のついた電灯が、彼女の胸の上方に垂れさがっている。建物が古いので、遠い過去からのごみが、その笠の円い尻の中央にたまって、あるものの姿を形づくっている。黒いごみの影は、見ようによっては、いろいろなものに見える。明かりがつくと、ごみは白いガラスを透けていっそうはっきりと見え、なにかに似て見えるばかりでなく、なにかと同じように動きそうにさえ見える。

電灯は病室の天井から一本の紐でつるされている。笠にかくれて見えないはずの紐は、外側の茶いろの編目まで、老女の目にはっきり見える。彼女は、たった一本の、そう太くもない紐に、大鍋のような電灯のさがっているのが不安でたまらない。そのうえ、明かりに映しだされた黒いごみが、真夜中になると虫に変身して紐をよじのぼり、いつも同じところに歯をあてて紐をかじりはじめるのが恐ろしくてたまらない。

毎晩、すこしずつ紐は虫にかじられて、そこが細くなってくる。拡大してみると、紐に三角の溝がくいこみ、それがしだいに中心に迫っている。いまや紐は辛うじて電灯の重さに耐えているようにみえる。いつ切れてもふしぎはない。紐が切れれば、電灯は老女の胸のうえに落ちてくる！

寝たきりの老女は一日じゅう、ほとんどまじろぎもしないでじっと電灯を見つめている。彼女は心配で目をとじることができないのだ。

老女が疲れきって、でこぼこ道を走る車にゆられているようなとぎれとぎれの眠りに落ちると、それを待っていたようにごみの虫が動きはじめる。その虫の動作のひとつひとつが眠っている彼女に見えている。虫の口が水平にとじたりひらいたりして紐をかじるのが、拡大鏡でのぞいているようによく見えている。

「看護婦さん」

いつもくる看護婦に、老女は天井に目を向けたままで声をかける。

「はい」

看護婦は足をとめて、老女に笑いかける。彼女は三十六歳で、中学生の娘と小学生の息子がいる。

「あの、ベッドを、かえてください」

しゃがれ声をしぼりだすようにして、老女はやっという。「まいど、まいど、おんなしことばっかしで、すみませんが……」

「いいですよ、かえてあげますよ……空きができたら、いちばんにね」

「いつですか？　いつ空きが、できるんですか？」

「さあ、いつでしょう……あしたかしら、それとも、あさってかしら……いつといわれても、わたしにもわからないわ。婦長さんにも頼んであげますよ。はやくどなたか退院して、空きができるといいんだけど」

「ほかの部屋は？」

となりのベッドへ移りかけた看護婦を追って、老女は枕のうえで、重い丸太をうごかすように頭を横に向ける。

「ここで、ここでなくても、いいんです。ほ、ほかに、空きはないんですか？」

「八人部屋はね」と、肩をすくめて看護婦はいう。「八人部屋は、どこもみんな満室なんですよ」

「はやくしないと、落ちてくるんです……む、虫が、かじっているんです」

「いいですか、聞こえますね。この間、調べましたよね。電灯のことなら、ちっとも心配いりませんよ——すっかり調べましたからね。あなたも見ていて、知っているでしょ。電灯の笠も、電気の球も、吊っている紐も、どこにも異状はないんです。安心して眠れますよ」

「でも、夜中に……」

足りない酸素を取りこむように、老女は口をぱくぱくさせる。「夜中に、虫が、虫ががかじって……」

「あんた、おかしいよ——ちょっと、ぼけてんじゃない」

となりのベッドから、手術後の患者が口を入れる。老女と同じ位の年ごろの女で、はげかけてきた白い髪のうえから、ねずみ色の毛糸で編んだ縁なし帽をかぶっている。

「虫が紐をかじるかしら、紐なんかさ。そんな話、聞いたこともないよ。ほかにうまい物がいくらでもあるのに……だいいち、電気が消えている夜中に、どうして虫が見えるんだい」

老女はだまりこんで、また頭のうえの電灯の笠の尻を見はじめる。

今のところ、みんなの目があるから、虫は鳴りをひそめている。身じろぎもしないので、だれの目にもごみのかたまりとしか見えない。これが夜中に動きだすとは思えない。だが、実をいうと、そうやって虫はみんなを油断させているのだ。

今では老女は、電灯が落ちてくるという不安ばかりでなく、落ちてきた電灯に打たれたときの痛みさえかんじている。

紐が切れて電灯が落ちてくると、まるい笠の尻は彼女の胸に当たる。そしてその打撃のために、胸がへこんで、手でさわると、へこんでいるところがわかる。そこはたるんで平たくなった乳房のすぐ上のところだ。そのくぼみを見さえすれば、だれだって納得する——看護婦でも、婦長でも、先生でも。

老女は電灯の笠をとおして、その上の茶いろい紐を見つめている。紐にくいこんだ三角の溝が、虫の歯にかじられて、紐の中心にせまるのを見つめている。それから、紐が切れて電灯が落ちるとき、虫がうまい具合に残った紐につかまって、青い三角の目玉で彼女を見下ろしているのを見つめている。そういう光景のひとつひとつを見つめながら、彼女は落ちてきた電灯が胸に当たったときの痛みを、ひとには聞こえない悲鳴をあげてこらえている。

「看護婦さん」

老女は白い制服を見かけると、待ちかねたように呼びとめる。

「はい、なんでしょう?」

看護婦はまっすぐな姿勢をくずさずに笑顔を振りむけて、あいそよく返事をする。

「いつも、いつも、おんなしことばっかしで、すみませんが……」

つまった蛇口から出る水のように、老女の声はのどにひっかかる。「空きは――ベッドの空きは、まだなんですか?」

「すみませんね、まだなのよ」

「いつ――いつになったら、空くんでしょう?」

「すぐですよ」

白い帽子をのせた看護婦の頭が、老女のうえにかがみこむ。「きっと、もうすぐですよ……空きができたら、あなたがはいれるように、婦長さんに頼んでありますよ」

「はやくしないと、お、落ちてくるんです――ほらね、もう落ちてきたんです」

「落ちてきた? ――ほんとに?」

「ほんとですとも――毎晩、落ちてくるんです」

「毎晩? ――なにがですか?」

「なにがって、ほら、あの大きな、電灯の笠――お、お鍋みたいな、電灯の笠……」

「ああ、あれねぇ」

看護婦はゆっくり見上げながら、まじめな表情でいう。「わたしには、まだ天井からさがっているように見えますけど……」

「でも、毎晩、落ちてくるんです。お、落ちてきて、ここんとこに、む、胸に当たるんです――ほらね」

老女は息苦しそうに訴えながら、寝間着の胸に手をのせる。

「ここんとこが、こんなにへこんで、痛くて、痛くて……」

「痛いんですか？　――ほんとに？」

「み、見てください――さわってみて……」

老女は寝間着の襟をひろげはじめる。

ベッドをぬけ出したとなりの患者が、首をのばして、看護婦のうしろからのぞきこむ。

老女の胸は、乳房のすぐ上のところが、皿のようにへこんでいる。

「あら、ほんとだ！　まあ、たまげた！　まるで大きなお皿みたい！　ほんとに電灯が落ちてきてへこんだみたい！　……それとも、ほんとに落ちてきたのかしら……これだけ見たら、そういわれたって、うそだなんて思わないひともいるよ……だけど電灯は、まだちゃんと天井からぶらさがっているし……なんだってこんなにへこんだんだろうね……まさか電灯が、ヨーヨーみたいに、夜中に上がったり下がったりするはずはないし……ひょっとしたら、化け物でもいるのかしら……なにしろこの病院は古すぎるから。だから、あんな時代おくれのしろものが、いまだにぶらさがっているんだよ。これでもれっきとした県営なんだから、さっさとぶちこわして、建てなおしたらいいのに」

「手術のあとがまた悪くなりますよ」

おしゃべりなとなりの患者を看護婦がたしなめる。「さあ、ベッドにお戻りなさい」

看護婦は老女の胸にさわって、くぼみをそっとなでる。それからその手を、ぬかどこから引き抜くようにゆっくりひっこめる。

「すぐ先生にみてもらいましょう。ひどく痛むようなら、痛み止めの注射をしましょうね。——でも、どうしてこんなにへこんだのかしら……」

老女は、あいているのかいないのかわからないような目で電灯を見ていて、なにもいわなかった。

医師がきて、老女の胸を診察して、首をかしげながら痛み止めの注射を打った。でも、痛み止めの注射はへこんだ胸では、なぜか役に立たなかった。痛みはかえってひどくなり、くぼみは前よりも大きくなって、胸いっぱいにひろがっている。形はまるくて、鍋に似ているので、万一、電灯が落ちてきても、その中にすっぽりとおさまりそうに見える。

夜になると、老女はうめき声を上げ、聞きとりにくい言葉でうわ言をいう。そのうめき声やうわ言のせいで、となりのベッドの患者はなかなか寝付かれない。せっかく眠りについても、またすぐ目をさまされる。手術後の患者はそのつど大声で悪態をつき、苦情をならべ、ぐちをこぼしたり、赤いボタンを押したりする。呼ばれた看護婦は申し訳なさそうに痛み止めの注射を打って、老女の胸のくぼみのまわりをなでる。それ以外に役に立ちそうな治療は、医師にも思い付けなかった。

老女は五日後に亡くなった。

「ぼくにグローブ買ってやるって、おばあちゃんがそういったよ」

小学五年生の息子にいわれて、せんたく物を干している母親の手がとまった。

「おばあちゃんがそういったの？　――いつそういったの？」

子供の母はさりげなくいう。

「ぼくがひとりで病院へ行ったときだよ」

「ああ、あの時ね。──いい子だったわね、ひとりでお見舞いに行ったりして」

「歩いて行ったんだ。そしたら、おばあちゃんがそういったよ、ぼくにグローブ買ってやるって」

子供は力をこめていう。「おばあちゃんが寝ていて、そういったんだ」

「でも、おばあちゃんはもういないのよ──知ってるでしょ……グローブは買いに行けないわ」

「だったら、ぼくが行くよ。どうせおばあちゃんじゃわからないもん」

「それもそうね……でも、お金はどうするの？」

「お金ならあるって、そういったよ──いっぱいあるって。だから、グローブ買ってやるって」

「そう、そういったの。お金はあるって、おばあちゃんがそういったの」

母親はせんたく物のしわを伸ばしながら、うわの空で子供の言葉をくり返していう。死んだ老女は年金の残りをためて、それを袋のような財布に入れ、枕の下に隠していた。老女の死後、子供の母親はその財布を見付けて、葬儀の費用の足しにするつもりで、病院から持ちかえった。

だが、葬儀の費用に年金の残りは要らなかった。たんすの中に老女名義の預金通帳があったうえ、病院からは遺体の解剖の謝礼として十万円わたされた。それに香典や入院中の見舞金を加えると、葬儀の後始末がすべて終わっても、老女のためた金には手が付いていなかった。それは財布が重いくらいに感じられる硬貨を別にして、ゆうに三十万円を越えていた。

「グローブはいくらなの？」

「五千円」

「まあ、そんなにするの……それなら、グローブでなしに、本にしなさい――何冊も買えるわ」

「いやだ！　グローブがいいんだ。友だちがみんな持ってるもの。グローブでなくちゃいやだ」

「でも、ぼくはまだ小学生なのよ。そんなに高いのでなくて、もうすこし安いのにしたら……」

「だって、安いのはすぐにこわれちゃうよ。グローブは四千円以上でないとだめだって、野球部の子がそういったよ。それに、ボールもいるし、バットだって欲しいし……」

「じゃ、五千円あげます」

子供の母はやっとその気になっていう。「五千円までですよ。グローブとボールだけにしなさい。ひとりで買いに行けるの？」

「友だちがいっしょに行ってくれるよ」

「ちゃんと領収書をもらって、お釣りを持ってかえるのですよ」

「うん、わかった」

望みのグローブを手に入れた老女の孫は、学校から帰るとほとんど毎日、友だちとふたりで、自分の家の庭でキャッチボールをする。たまに友だちが来られない日は、雨でなければひとりで庭に出て、自分が投げ上げたボールを受けとって遊ぶ。ボールは二階の屋根ぐらいの高さから、白い尻を見せながら落ちてくると、子供の手にはまった薄茶色のグローブのくぼみに、気味のいい音を立ててすっぽりとおさまる。疲れすぎて、ボールが高くあがらなくなるまで、子供はいくどでも白いボールを投げ上げる。

落ちてくる！　落ちてくる！

探し人

織田作之助

織田作之助《おださくのすけ》
一九一三―一九四七

大阪市生まれ。小説家。旧制第三高等学校中退。一九三八年、処女小説「ひとりすまう」を発表。四〇年「俗臭」が芥川賞候補に、『夫婦善哉』が改造社第一回文芸推薦作品になる。四六年には『六白金星』『アド・バルーン』『世相』『競馬』と問題作を集中的に発表、流行作家の名をほしいままにし、さらに長篇『夜光虫』『土曜夫人』を発表。伝統文学を超克する評論『可能性の文学』を発表と同時に喀血。翌四七年死去。

一

子供心にもさすがに母親の死ぬことは悲しかった。子供といってももう十一であった。まだ五つにしかならぬ妹の芳枝はいざ知らず、新吉の顔には悲しい心でするする涙が落ちた。

狭苦しい家のことゆえ、真夏の西日がカンカン当るところで病人は息を引きとらねばならず、見ていてさぞ暑かろうと同情されたが、しかし病人はもはや汗をかく元気もなく、かえって新吉は子供に似合わぬ大汗をかいた。

三日前、蚊細い声で母親がくどくど言い聞かせてくれた言葉を想い出せば存分に悲しく、汗と涙がごっちゃになって眼にたまり、自然母親の顔もぼやけて見えた。

――お母さんが死んだらナ、お父つぁんはきっと後妻ちゅうもんを貰はるやろ、ほんならお前らは継子《まま》で、可哀想なこっちゃ、後妻テ鬼みたいに怖いもんやぜ。そやよって、今の内にこのお母はんの顔よう見ときなはれや。

半年たたぬ内にその通りになり、こんどの母親はこともあろうに近所の小料理屋にいた女、一杯屋のお龍さんといえば新吉もかねがね顔見知りで、父親が打ちこんだだけあって別に鬼のような顔もしていなかったから、母親の言葉も嘘と思えた。けれどもこちらから継子の根性で向って行くと矢張りお龍は継母じみてきた、お龍も無茶に悪い女でなかったが、世間から、今にお龍さんは子供らを邪慳にするやろと蔭口立てられると、なぜか自然にその通りに振舞って行った。そうしなければ立瀬がないかのようだった。芳枝はともかく新吉ははじめから継子面をしていたから、お龍にしてもさばさばした気持で苛めることができた。などとは父親は一向に承知していなかったようだ。

歯ブラシの軸の職人だったが、背骨が折れ曲がるくらい終日ぺたりと座り込んでせっせと軸を削っていても、貧乏には勝ち越せぬと、このごろは博奕に凝り出し、しょっちゅう家を明けていた。たまに帰って来ても女房の顔見たさと釈《と》られてもいたし方のないだらしなさで、子供たちのことなど、とんと構わぬ風だった。それでも時々は新吉の頭をこつんと押えて、坊主！　大けなりゃがったな。

しかし、職人のごつごつした手だったから、痛アと思わず新吉の眼に涙がにじむくらいであった。散髪屋でジャッキがこつんと頭のてっぺんに当るあの時の痛さだと感じたが、けれどもその涙、たしかに嬉し涙でないともいえなんだ。

そんな父親の留守中、新吉は学校がひけると、芳枝の手を引っぱって千日前まで往復一里の道を通った。千日前から道頓堀へ渡る通りの右側にナニワ写真館があった。そこで、かつて夏祭の晩、死んだ母親と妹と三人でうつした電気写真が沢山な見本用の写真にまじって陳列されてあると、教えてくれたのは甘酒屋のおっさんで、今はこのおっさんは隠居して日がな一日千日前や新世界の盛り場でうろうろ時間をつぶしているのだった。

白っぽい着物を着た母親を真中に、左側は上向いて眦を釣り上げおかしいほど澄まし込んだ芳枝、右側は反対にぐっと顎を引いた新吉で、鼻の下にできたおできをもて余していると見えた。夏祭のことゆえ、芳枝は一張羅《ちょうらい》衣の長い袂をべらべら下げており、新吉は粋な甚平《じんべい》さんを着せられていた。お互いの肩に母親の白い手がかかっている。――そんな写真に三枚六十銭の見本の札がついているのだった。毎日のように、それを見に行き、毎日のように感嘆し、ああ出てる、出てる。そうして、握りあってぐっしりと汗ばんだ手に思わず力がはいるのだった。陳列されている場所が運悪く二階への階段を五六段登ったところの壁だったから、こっそり登って行っても、しばしば客と間違えられた。度重なって或る日、いきなり小窓がひらいて、

——何さらしてけっかんねん。

子供だてらにと呶鳴られた。驚いて、

——そない怒ったかて、おっさん、これわいらの写真や。

その翌日、行ってみると、あッ、写真は姿を消していた。帰る途、生国魂神社の境内で池の亀を見ながら、新吉は派手に泣いた。そして、芳枝が案外平気な顔しているのはけしからんと無理に揺すぶって泣かすと、芳枝は泣きながら尿をもらした。

——泣け、泣け。なんぼでも泣け。継母に苛められて泣くんやったらあかんけど、お母《かあ》んのことで泣くんやったら、構へんぞ、なんぼでも泣け。しゃけど、小便こいたら継母に叱られるぞ。

二

小学校を卒業すると直ぐ奉公にやらされることになり、もっけの倖いだと新吉は喜んだが、心配はあとに残る芳枝のことだった。芳枝も早生れのもう尋常二年で、いわ

ば物心ついていたから、継子の味をジリジリ味わうのはいよいよこれから先のことだと思えば新吉は兄らしく哀れな気持を催し、主人大事にせっせと奉公すればきっと出世できるだろう、その暁はお前を迎えに来てやる、それまでの辛抱と思って継母に苛められてもじっと涙をのんでいろと、十四の年に似合わぬ、こんな生意気な口を利いた。そして、見知らぬ人のあとに随いて、堅い歩き方で家を出た。

南海電車で二時間足らずのところだったが、和歌山県和歌山市に着いてみると、随分遠くまで来た気持がして心細かった。市で一番の繁華なところだという「ぶらくり丁」の仏壇屋が奉公先で、「ぶつらんのしゅうれん」と書いてある看板の意味がどうしても呑み込めなんだ。あとで、紀州訛で「ぶつだんのしゅうぜん」（仏壇の修繕）のことだとわかり、やがてそれを仕込まれることになった。剝げたところへ塗る漆にかぶれて顔が赤くはれたのもはじめの十日ぐらいで、売物の木魚や鐘の音を聞いていきなり母親の死んだ時のことを思い出ししくしく泣く、そんなこともだんだんになくなり、やがてすっかり丁稚小僧めいてきた。新ろん（――新どん）と呼ばれると、へえ、何ぞ用だっか。頗る板についてきた。

新ろんは憎らしいほど良い器量しちゃるんやのしと若いお内儀さんに言われて、ぽうっと赧くなり、ほのぼのと肉親めいた愛情に胸が温まっていたが、そこでまる四年間、十八歳の春、何思ったか主人の方からきびしく追い立てるように暇を出した。身に覚えのないことであったが、ずっとあとで男女の道に分別がついてから振り返ってみると、主人の心配や怒りも満更ではないと思われる節があった。

口入屋から「築地」のうどん屋へ住込みで雇われて出前持ちとなった。ここでも彼の容貌は朋輩の女中から眼をつけられたが、仏壇屋の例もあるからと、警戒して極めてつんと冷淡に構えていた。ところがその態度がかえってたまらぬと、女中は空しくうっとりするのだった。

そんな月日が経つにつけ、もう子供でもなかったから、なるほど自分も女に騒がれる顔を持っているのかと、改めて鏡を覗いてみて何か納得できた。けれども、この顔は人のものならいざ知らず、いやでも一生ぶら下げている自分の顔と思えば、別に取立てて喜んだり己惚れたりするべきものとも思われず、かえって自慢にしたいのは、自分の声であった。生れついての美声で、近所の映画館へちょくちょく出前を持って行くにつけて聞き覚えた映画説明の真似をやらせてみると、年齢を割引きにしたとはいえ、門前の小僧芸と侮れないものがあった。

……次郎ちゃん、わたしはあなたをこれほど——力をこめて——愛しているのに、それだのに、次郎ちゃんは……どういう芸題の写真の説明か知らぬが、それが十八番で、そんな甘ったるい科白を女の声色でやっているうちに、だんだんに情緒というものが解されてきて、同じ家で寝泊りしているせいもあって、いつか情も移り、例の女中とねんごろめいてきた。ところを、御者《おんしや》（——お前）がいては俺の立瀬《うち》がないと、どうやら先に眼をつけていたらしい好色の親方に到頭暇を出されてしまった。

いたし方がなく、身の廻りのものを纏めて、しょんぼりそこを出て、安宿へ移った。宿でごろごろしたり、口入屋を覗いたりしているうちに、顔馴染みの弁士から、どうだ、弁士にならんかねと誘われ、喜んで早速小屋の者になった。

巧い巧い、玄人はだしだと無責任な褒め方をされたのも結局は素人芸であったからで、本職にはいってみると、何ヵ月たっても舞台へは立たせて貰えず、湯呑み運び、履物の出し入れ、阿弥陀鬮《くじ》の使い走り、質屋への使い、いろおんなへの文の届けなどで毎日が暮れて行った。

二年辛抱した挙句、やっと舞台へ立つことが出来た。花が咲いた、花狂う春——と大抵の写真に臆面もなくそんなきまり文句を何度もうなる癖がついて、何のことはない、今のミス・ワカナのようにハナのことばかりいう芸の無さで、遂に「花狂う」という渾名がついた。本当の芸名は「原狂児」というのだったが……。そうして、二三年、もう一つの方の花も十八番の芸となり、つまり博奕打ちの親の子であった。因みに、この親とはもうそのころは音信不通で、うどん屋を追い出された時から大阪とは交渉が絶え、きょうこのごろは親のある男に見えぬよたよたした生活であった。

美貌に任せて落花狼藉もしばしば演じて二十五年の年もやがて暮れて行った。

三

主人大事にせっせと奉公すればきっと出世できるだろう、その暁はお前を迎えに来てやる、それまでの辛抱と思って継母に苛められてもじっと涙をのんでいろと、十年前別れる時に妹の芳枝に言い聞かせた言葉も忘れていた。いや忘れていたと書けば嘘だ。矢張り時々は思い出してチクチクと胸の痛む気持であったが、現在《いま》の暮しでは末の見込が立とうはずはないと、これは早くから諦めていたし、一つには前科こそはない正直一筋の暮しだが、どう装ってみても堅気に見えないこの兄の顔をぬかぬかと妹の前にも出されまいと、さすがに恥じるにつけ、なるべくは妹のことも想い出さぬようにと心掛け、いわば忘れたも同然であった。

ところが従姉妹女優として有名な春山愛子、夢子の両人が正月の挨拶巡業でやって来たときのことだ。夢子の顔を実物で見て、吃驚した。雀斑《そばかす》が多く、眦がピンと釣りあがっている顔が、妹の芳枝の顔に嘘みたいに似ているのだ。そのためという訳では毛頭なかったが、例の美貌と、そして今はどんな女をも怖れない図々しさで持ちかけてみると、案外に脆く、それはもうあッという間の出来事であったと、あとで人々は呆然としていた。

が、当の新吉は、そのとき悲しいまでに心が乱れ、何を想い出したのか、いきなり、あッ！　と声を立てたかどうか自分でも覚えはなかったが、するすると涙が頬を伝い、それはさまざまな感情から出た涙には違いないが、たしかに、妹のことは頭に泛んでいたのだ。何か観念しているらしい夢子の容子の聯想で、今はもうこれぐらいの年ごろになっている妹は、どうしているだろうか、こんな目に遇っているのではないかと、わが行跡から推してみて、柄にもなく心配が起きて来たようだった。

その時の想いにせき立てられたとでもいうのであろうか、大阪新世界の或る小屋で弁士の口があると聞いて、給料、手当、など碌々相談せずに、新吉は間もなく和歌山をあとにして大阪へ舞い戻った。

難波へ着いた足で生国魂神社の近くにあるなつかしい裏長屋へ行った。路地の入口をはいる時さすがに足が震え、薬にもしたくない「原狂児」という情けない名前を持っているだけで、出世はおろか、一人前の暮しもしていない我が身が恥じられたが、忘れもせぬ入口より三軒目の家の前に立ってよくよく見ると、意外にも表札が違っていた。父も義母も芳枝もそこにはいなかった。それで、かえってほっとしたなどとは瞬間の嘘だ。隣の人に訊いてみて、蒼くなった。

父は一年前、脳溢血で呆気なく死に、咄嗟のことゆえ死に目の間に合わなくとも兎に角と、父危篤の電報を和歌山のうどん屋宛てに打ったのだが、続けて打った父死んだの電報と一緒に附箋つきで戻って来た。葬式だけを済ませるとお龍はいつの間にか姿をくらましてしまい、残った芳枝は四十九日間新仏の守をしていたが、やがて家をたたんで、たった一人の兄を頼って和歌山の方へ行ったのだ。

——そうすると、新ちゃんはあの娘《こ》に会えへんかったのやな。

隣の人はそう言い、そうして言葉を続けて、嘘か本真《ほんま》か知らぬが芳枝さんは何でも紀州の湯崎温泉の宿屋で女中をしているとか風の便りに聞いたと言った。

聴いている内に新吉は眼をうるませ、涙を落し、声を立てずに啜り泣いた。ついぞしたことのない鄭重さで頭を下げ、ぽかんとした表情で路地を出ると、直ぐ難波へ駆けつけ、南海電車で和歌山へ、そこを素通りして近頃開通した鉄道で、湯崎・白浜温泉へ行った。

温泉宿に泊って「風の便り」を当てに妹を探し求めたが、見つからず、二日目にもう宿屋の払いも危うくなったので、白浜の綱不知《つなしらず》から蒸気で三十分の田辺へ行き、その映画館へ渡りをつけて弁士に雇われた。

田辺の映画館では月に二回、湯崎・白浜温泉へ出張興業をした。夜一回の興業で、昼の間温泉場を練りまわって宣伝する。相棒の田辺楽童はしんねりむっつりの要領の良い男で、太鼓たたきから口上、チラシ配り一切を殆ど新吉の原狂児にやらせたが、「花狂う」はいやがるどころか、呆れ果てた熱心さで、むやみに太鼓をたたき、夜の声が心配なほど身をいれて口上を述べた。賑やかにやれば大勢仁《じん》が寄って来る、その中には宿屋の女中もいるからには、いずれ芳枝にはめぐり会えるだろうとの新吉の肚で、仁が寄って来ると、やけに眼をピカピカ光らせた。

けれども芳枝の姿は見当らず、夜暗がりの舞台に立つ時、妙にしんみりと悲しかった。トーキーの時代であるのに、発声機械がなく説明入りで、だから新吉も未だに雇われているのであったが、「口笛を鳴らす浅太郎」など音響効果をねらった写真のときは、まるで気が抜けて、おまけに弁士の方では説明の合間々々に口笛を吹かねばならず、後半になって来ると、もう口笛の元気もなくなり随分と情けなかった。その情けない想いの底には妹のことがあった。

女ひとり女中奉公してでも結構食べては行けるが、若い身空でおまけに身寄りもなくて心寂しかろう。寂しいだけなら良いが頼る者もなくては結局悪い男に欺されてしまうだろうと、新吉は自分の辿って来た道を振りかえってみて一層心配であった。また、そう悪い方へ心配しなくとも、たとえば真面目な男と良い仲になって地道な夫婦生活にはいるとしてみても、結婚する時たったひとりの兄に相談は兎も角、立ち会って貰えぬとあれば、なんぼう肩身が狭かろう。などと思うにつけ、むやみに芳枝のことが気になり、めぐり会えぬままにその気持が昂じて、今はそれだけが生甲斐のすべてであるかのような気にもなった。自然他に愛情を向ける余裕もなく、また芳枝のことを想えば女に無茶な真似も出来ず、次第に行状も収っていた。

そうして一年半、焦り、空しく探しあぐんで来たが、田辺の映画館にも発声機械が据えつけられ、小屋主にはともかく機械には勝てぬと、到頭弁士を廃業しなければならぬ破目になった。

直ぐさま生計の道を講じなければならず、智慧者の田辺楽童がこの際の頼りであった。そして楽童にさそわれるままに大阪へ舞戻ることになり、一年半の間にもう芳枝をこの土地で探すことも諦めていたからさらに未練なく、田辺をあとにした。

四

弁士の崩れに出来ることといえば、漫談屋か紙芝居と相場はきまっていたが、漫談屋になれるだけの学もエスプリもなし、結局はしがない稼ぎの紙芝居より他にすることもないと半ば諦めた。けれども田辺楽童は何か妙策あるかのごとく、千日前の宿でぶつぶつひとりごとを呟きながら考え込んでいた。その挙句、ふと思いついて、

——そうだ大道易者になろう。

早速易の本を読んで研究をはじめたが、しかし、薄暗い、たとえば、千日前の精華小学校の裏で蠟燭を片手に一人しょんぼり店を張るような易者では儲けも少くて駄目だとの楽童の意見だった。二人連れの漫才に落語が圧されてしまう世の中だ。二人限りでやるに限る。しかも目先の変ったといっても別に「仁《じん》」の前で踊ったり跳ねたりするのではない。神秘的という奴を覘うのだ。——

如何にも神秘的であった。先ず畳《たたみ》半畳敷ぐらいの大きな紙に、区画をして、半分には運勢、縁談、職業、普請動土、失《う》せ物、金儲けなどの名目、半分には一白、二黒、三碧、四緑、五黄、六白、七赤、八白、九紫とそれぞれの下に年齢、男女の別を書い

て石の重しで道端に拡げる。

夜更けの戎橋《えびす》で、女給や仲居の帰りを当て込んで、楽童がお手のものの弁をまくし立てて仁寄せにかかる。客が長い棒の先で紙の上の、たとえば五黄土星の箇所と、運勢の箇所を指すと、眼かくしをしたシテ役の新吉は、後向きの姿勢にもかかわらず、

——五黄土星、二十五歳の方の運勢を判じます。

とピタリと当てて、不思議であった。

——この方《かた》の本年の運勢は「七十二戦い利あらざるなきも、一敗地に塗れば楚歌を聞く」というて、諸事十分は望み難いゆえ、何事も勢いに任せて遣り過ぎぬよう気をつけるべし。

などと無論易の本まる暗記の科白をうなっていると、ワキ役の楽童が時々合の手を入れて、

——金をぐっと摑むのはいつですか。先生！

——五月。

無論、出鱈目だが、ともかく、眼かくしをして後向きのシテ役が、どういう透視のからくりによるのか、客の棒の先がありありと見透かす不思議さが客を惹きつけた。

だれて来ると、楽童は若い女の持物にさわって、

——先生、これは何ですか。

——赤い皮のハンドバッグ。

一回の見料十銭にしては霊験の妙を極めたものだと、面白いほど流行《はや》った。無論、からくりはあるので、先生、これは何ですか、とか、間違わんよう頼んまっせとか言いかける楽童の言葉の中に暗号があり、それならば簡単極まる透視であった。けれども新吉はときどき暗号を聞き違えてとちり、楽童に冷汗の出る思いをさせた。そんな時は必ず心がそこにあらず、ふと、遠く芳枝の身の上に想いを走らせていたのだ。

楽童の発案で背中に南無妙法蓮華経と筆太に書いた白い行者風の着物に袴をはき、眼かくしの白い布は鉢巻のように頭のうしろでキリッとしめ、見たところいかにもそれらしい装立《いでたち》で、ときどき合掌して、妙法蓮華経を唱えるなど勿体ぶっていたが、唱えながら、ふとこの一念かなって芳枝にめぐり会えるかも知れぬと、満更インチキでもない殊勝な心掛もあった。まるで憑かれたように妹のことを考えていたのだ。ひょっとしたら悪い周旋屋に欺されて苦界に身を沈めているかも知れず、そんな時の用意に身請《みうけ》の金はこしらえて置かねばならぬと、せっせと商売に身をいれていた。

五

そして或る夜。すっかり秋めいて夜更けの空気も肌寒く、自然往来の人々の足も小刻みに早くて人の寄りも悪かったが、それでも楽童の必死の口上に一刻《とき》に七八人寄って来たその中に、まるで行き暮れてとぼとぼ辿り着いたような歩き方で近寄り、しょんぼり佇んでいる若い女があった。くたびれてよれよれの銘仙の着物に、白地に二三尾汚れた赤色で金魚の泳いでいる帯を太鼓にしめているが、これもはかなく型が崩れてペッたり腰にへばりつき、一見女中と覚しかった。

やがて、おずおずと、一白水星二十一歳の女、探し人の箇所を棒の先で押えたが、もし新吉が眼かくしをとって振り向き一眼見れば、例え十五年会わなくても、いきなりあッと声を立てたに違いない――その若い女は芳枝だった。が、眼かくし後向きの姿勢では、さすがにそれと翻訳する暗号の届こう筈はなかった。

まして、芳枝が三年前、和歌山のうどん屋へ兄を尋ねて行ったところ、そんな男は知らんとたった一言の挨拶で、いたしかたなく和歌山の町を当てもなくうろうろしているところを、悪い周旋屋に連れられて行ったのが湯崎温泉のカフェで、怪しい商売の家と知って三日目にはもうそこを飛び出し、大阪へ戻って三年女中奉公をしていたが、大事にしてくれた御寮さんが近頃死に、旦那さんが毎夜女中部屋に押掛けて来るのが居たたまらず、到頭逃げ出して、さて何処へ行ったものやら、兄のことが胸の熱くなるほど想い出され、途方に暮れ、易者の前に立って兄の居所を判じて貰おうと思った――そんな経緯《いきさつ》が新吉には分ろう筈はなかった。

――二十一歳一白水星の婦人の探し人を判じます。

その声に、虫が知らせたとでもいうのか芳枝はいきなり胸を突かれたが、しかし、どこか記憶のあるその声も、永年の弁士稼業でドス太く荒れ濁って、子供のとき聞き馴れた兄の声とは随分変っていた筈だ。ふと気になったものの、いや、これは自分が兄を探しているからその心の迷いだと打消した。けれども矢張り気がかりで、芳枝は声の主の顔を覗いてみたいと思うのだったが、その人は頑と後向きのままで、所詮術なく、集って来た人の群れの中に小さく赧くなっていた。

めったに無い「探し人」判断の希望で、おまけに年の頃、そばかす、眦の上り具合、眼もと、口もとなど、何となく聴かされていたその人に似ていると、ワキ役の楽童もふと気になったが、しかし、大勢の客の前でそれを新吉に告げることも出来ず、暗号も用意してなかった。

――これ、何ですか。先生！

――娘さんの風呂敷包。

――はい、当りました。

そうして、新吉はペラペラとまくし立てるのであった。

――この御婦人の探し人は恐らく三十歳前後の男の方だと判ずるが、探し人は二日以内に必ず見つかる。この御婦人本年の吉方は、乙《かのと》、丁《ひのと》、辛《きのと》、壬《みずのえ》、寅《とら》方に当っているが、探し人は寅《とら》方の方角にいる。

――はい、十銭。

帯の間から白銅を取り出して楽童に渡すと、芳枝は一層赧くなり、こそこそと立ち去った。草履の底がすり減って、情けない音を立てた。

次の客を待つ間、新吉は、

――南無妙法蓮華経、南無妙法蓮華経。

と、はったりの声を洩らし、その声が夜更けの戎橋の空気に不気味に顫えていた。

人情噺

織田作之助

年中夜中の三時に起こされた。風呂の釜を焚くのだ。毎日毎日釜を焚いて、もうかれこれ三十年になる。

十八の時、和歌山から大阪へ出て来て、下寺町の風呂屋へ雇われた。三右衛門という名が呼びにくいというので、いきなり三平と呼ばれ、下足番をやらされた。女客の下駄を男客の下駄棚にいれたりして、随分まごついた。悲しいと思った。が、直ぐ馴れて、客のない時の欠伸のしかたなどもいかにも下足番らしく板について、やがて二十一になった。

その年の春から、風呂の釜を焚かされることになった。夜中の三時に起こされてびっくりした眼で釜の下を覗いたときは、さすがに随分情けない気持になったが、これも直ぐ馴れた。あまり日に当らぬので、顔色が無気力に蒼ざめて、しょっちゅう赤い目をしていたが、鏡を見ても、べつになんの感慨もなかった。そして十年経った。

まる十三年一つ風呂屋に勤めた勘定だが、べつに苦労し辛抱したわけではない。根気がよいとも自分では思わなかった。うかうかと十三年経ってしまったのだ。

しかし、三平は知らず主人夫婦はよう勤めてくれると感心した。給金は安かったが、油を売ることもしなかったのだ。欠伸も目立たなかった。鼾も小さかった。けれども、べつに三平を目立って可愛がったわけでもない。

たとえば、晩菜に河豚汁《ふぐじる》をたべるときなど、まず三平に食べさせて見て中毒《あた》らぬとわかってから、ほかの者がたべるという風だった。

これにも三平は不平をいわなかった。・

十八のときと少しもかわらぬ恰好でぺこんと頭を下げ、こそこそと自分の膳をもって立つその様子を見ては、さすがにいじらしく、あれで、もう三十一になるのではないかと、主人夫婦は三平の年に思い当った。

「御馳走《ごっとう》さんでした」

あの年でこれまで悪所通いをしたためしもないのは、あるいは女ぎらいかも知れぬが、しかし国元の両親がなくなったいまは、いわば自分たち夫婦が親代りだ。だから、たとえ口には出さず、素振りにも見せなくても、年頃という点はのみこんでやらねばならぬ。よしんば嫌いなものにせよ、一応は世話してやらねば可哀相だと、笑いなが

ら嫁の話をもち掛けると、

「…………」

ぷっとふくれた顔をした。案の定だと、それきりになった。

三年経った。

三人いる女中のなかで、造作のいかつい顔といい、ごつごつした体つきといい、物言い、声音など、まるで男じみて、てんで誰にも相手にされぬ女中がいた。些か斜視のせいか、三平を見る眼がどこか違うと、ふと思ったお内儀さんが、

「あの娘《こ》三平にどないでっしゃろ。同じ紀州の生れでっさかい」

主人に言うと、

「なんぼなんでも……」

三平が可哀相だとは、しかし深くも思わなかったから、三平を呼び寄せて、こんどは叱りつけるような調子で、

「貰ったらどないや」

三平はちょっと赧くなったが、直ぐもとの無気力に蒼い顔色になり、ぺたりと両手を畳の上について、

「俺《うら》の体は旦那はんに委せてあるんやさけ、旦那はんのいう通りにします。どなえな

女子《おなご》でもわが妻《かか》にしちゃります」

と、まるで泣き出さんばかりだった。

そして、三平と女中は結婚した。

が、婚礼の夜、三平は夜中の三時に起きた。風呂の釜を焚くのだ。花嫁は朝七時に起きた。下足番をするのだ。

三平は朝が早いので、夜十時に寝た。花嫁は夜なかの一時に寝た。仕舞風呂にはいって、ちょっと白粉などつけて、女中部屋に戻って、蒲団を敷いて寝た。三平は隣りにある三助の部屋で三助たちと一緒に寝ていた。三平の遠慮深い鼾をききながら、彼女は横になった。直ぐ寝入った。ひどい歯軋りだった。

その音で三平は眼がさめる。もう三時だ。起きて釜を焚くのだ。四時間経つと花嫁は起きて下足番をした。

三平はしょっちゅう裏の釜の前にいた。花嫁はしょっちゅう表の入口にいた。話し合う機会もなかった。

主人は三平に一戸をもたしてやろうかといったが、三平はきかなかった。

「せめてどこぞ近所で二階借りしイな」

断った。

月に二度の公休日にも、三平はひとりで湯舟を洗っていた。花嫁が盛装した着物の裾をからげて、湯殿にはいって来て、

「活動へ行こら、連れもて行こら」

と、すすめたが、

「お主やひとりで行って来やえ」

そこらじゅうごしごしと、たわしでやっていた。

そして十五年経った。夫婦の間に子供も出来なかったが、三平は少し白髪が出来た。五十に近かった。男ざかりも過ぎた。

夫婦の仲はけっして睦まじいといえなかったが、べつに喧嘩もしなかった。三平はもともと口数が少なく、女中もなにか諦めていた。雇人たちが一緒に並んで食事のときも、二人は余り口を利かなかった。女中が三平の茶碗に飯を盛ってやる所作も夫婦めいては見えなかった。ひとびとは二人が夫婦であることを忘れることがあった。

しかし、三平があくまで正直一途の実直者だということは、誰も疑わなかった。

ある日、急に大金のいることがあって、三平を銀行へ使いに出した。三平のことだから、吩附けられて銀行から引き出した千円の金を胴巻のなかにいれ、ときどき上から押えて見ながら、立小便もせずに真直ぐ飛んでかえるだろうと、待っていたが、夕

方になっても帰って来なかった。

今直ぐなくては困る金だから、主人も狼狽し、かつ困ったが、それよりも三平の身の上が案じられた。

まさか持ち逃げするような男とは思えず、自動車にはねとばされたのではなかろうかと、夕刊を見たが、それらしいものも見当らなかった。六ツの子供がダットサンにはねとばされた記事だけが、眼に止まった。

あるいはどこかの小僧に自転車を打っつけられ、千円の金を巻きつけてある体になんちゅうことをするかと、喧嘩を吹っかけ、挙句は撲って鼻血を出したため交番へひっぱられた……そんな大人気ないことをしたのではないかと、心当りの交番へさがしにやったが、むなしかった。

銀行へ電話すると、宿直の小使いが出て、要領が得られなかったが、たしかに金はひき出したらしかった。それに違いは無さそうだった。

夜になっても帰らなかった。

探しに出ていた女中は、しょんぼり夜ふけて帰って来た。

「ああ、なんちゅうことをして呉れちゃんなら、えらいことをしてくれたのし。てっきり、うちの人は持ち逃げしたに決っちゃるわ。ああ、あの糞たれめが。阿呆んだらめが……」

女中は取乱して泣いた。主人は、

「三平は持ち逃げするような男やあらへん。心配しイな」

と、慰め、これは半分自分にいいきかせた。

しかし、翌朝になっても三平が帰らないとわかると、主人はもはや三平の持ち逃げを半分信じた。金のこともあったが、しかしあの実直者の三平がそんなことをしでかしたのかと思うのが、一層情けなかった。

人は油断のならぬ者だと、来る客ごとに、番台で愚痴り、愚痴った。

昼過ぎになると、やっと三平が帰って来た。そして千円の金と、銀行の通帳と実印を主人に渡したので、主人はびっくりした。ひとびとも顔を赧くして、びっくりした。

三平の妻は夫婦になってはじめて、三平の体に取りすがって泣いた。

「なんでこないに遅なってん？」

と、主人がきくと、三平はいきなり、

「俺《うら》に暇下さい」

といったので、主人はじめ皆一層びっくりした。

「なんでそないなことをいうのよう？」

三平の妻は思わず、三平の体から離れた。

三平は眼をぱちくちさせながら、こんな意味のことをいった。

——今後もあることだが、どんな正直者でも、われわれのような身分のものに千円の金を持たせるような使いに出すのは、むごい話だ。

自分はかれこれ三十年ここで使うてもらって、いまは五十近い。もう一生ここを動かぬ覚悟であり、葬式もここから出して貰うつもりでいたが、昨日銀行からの帰りに、ふと魔がさしました。

つくづく考えてみると、自分らは一生貧乏で、千円というような大金を手にしたことがない。此の末もこんな大金が手にはいるのは覚つかない。この金と、銀行の通帳をもって今東京かどこかへ逐電したら一生気楽に暮らせるだろう。

そう思うと、ええもうどうでもなれ、永年の女房も置き逃げだと思い、直ぐ梅田の駅へ駆けつけましたが、切符を買おうとする段になって、ふと、主人も自分を実直者だと信じて下すったればこそ、こうやって大事な使いにも出してくれるのだ。その心にそむいては天罰がおそろしい。女房も悲しむだろうと頭に来て、どうにも切符が買えず、帰るなら今のうちだと駅を出て、それでも電車に乗らず歩いて一時間も掛って心斎橋まで来ました。

橋の上からぼんやり川を見ていると、とにかくこれだけの金があれば、われわれの身分ではもうほかにのぞむこともないと、また悪い心が出て来ました。そして梅田の駅へ歩いて引きかえし、切符を買おうか、買うまいか、思案に暮れて、たたずむ内に夜になりました。

結局、思いまどいながら、待合室で一夜を明かし、朝になりました。が、心は決しかね、梅田のあたりうろうろしているうちに、お正午のサイレンがきこえました。腹がにわかに空いて、しょんぼり気がめいり、冥加おそろしい気持になり、とぼとぼ帰って来ました……。

「俺《うら》のような悪い者には暇下さい」

泣きながら三平がいうと、主人はすっかり感心して、むろん暇を出さなかった。三平の妻は嬉しさの余り、そわそわと三平のまわりをうろついて、傍を離れなかった。よそ眼にも睦まじく見えたので、はじめて見ることだと、ひとびとは興奮した。が、どちらかというと、三平は鬱々としてその夜はたのしまず、夜中の三時になると、起きて釜を焚いた。女中は七時に起きて下足の番をした。

少しも以前と変りはなかったから、ひとびとは雀百までだといって、嘆息した。ところが、入浴時間が改正されて、午後二時より風呂をわかすことになった。三平は夜中の三時に起きたが、なんにもすることがないので、退屈した。間もなく、朝七時に起きることにした。妻と一緒に起きることになったのだ。従って寝る時間も同じだった。

朝七時に起きたが、釜を焚くまでかなり時間があった。妻も下足番をするまでかなり時間があった。随分退屈した二人は、ときどき話し合うようになった。三平は五十一、妻は四十三であった。

いまでは二人はいつ見てもひそひそと語り合っていた。

開浴の時間が来て、外で待っている客が入口の障子をたたいても、女中はあけなかった。両手ともふさがっているのだ。三平の白髪を抜いてやっているのだ。客は随分待たされるのだった。

天衣無縫

織田作之助

みんなは私が鼻の上に汗をためて、息を弾ませて、小鳥みたいにちょんちょんとして、つまりいそいそとして、見合いに出掛けたといって嗤ったけれど、そんなことはない。いそいそなんぞ私はしやしなかった。といって、そんな時私たちの年頃の娘がわざとらしく口にする「いやでいやでたまらなかった」——それは嘘だ。恥かしいことだけど、どういう訳かその年になるまでついぞ縁談がなかったのだもの、まるでおろおろ小躍りしているはたの人たちほどではなかったにしても、矢張り二十四の年並みに少しは灯のつく想いに心が温まったのは事実だ。けれど、いそいそだなんて、そんなことはなかった。なんという事を言う人達だろう。

想っただけでもいやな言葉だけど、華やかな結婚、そんなものを夢みているわけではなかった。貴公子や騎士の出現、ここにこうして書くだけでもぞっとする。けれど、私だって世間並みに一人の娘、矢張り何かが訪れて来そうな、思いも掛けぬことが起りそうな、そんな憧れ、といって悪ければ、期待はもっていた。だから、いきなり殺風景な写真を見せつけられ、うむを言わさず、見合いに行けと言われて、はいと承知して、いいえ、承知させられて、——そして私がいそいそと——、あんまりだ。殺風景なとなどと、男の人の使うような言葉をもちいたが、全くその写真を見たときの私の気持はそれより外に現わせない。それとも、いっそ惨めと言おうか。それを考えてくれたら、鼻の上に汗をためて——そんな陰口は利けなかった筈だ。

その写真の人は眼鏡を掛けていたのだ。と言ってもひとにはわかるまい。けれど、とにかく私にとっては、その人は眼鏡を掛けていたのだ。いや、こんな気障な言い方はよそう。——ほんとうに、まだ二十九だというのに、どうしてあんな眼鏡の掛け方をするのだろう。何故もっとしゃんと、——この頃は相当年配の人だって随分お洒落で、太いセルロイドの縁を青年くさく皺の上に見せているのに、——まるでその人と来たら、わざとではないかとはじめ思った。思いたかったくらい、今にもずり落ちそうな、ついでに水洟も落ちそうな、泣くとき紐でこしらえた輪を薄い耳の肉から外して、硝子のくもりを太短い親指の先でこすって、はれぼったい瞼をちょっと動かす、——そんな仕種まで想像される、——一口で言えば爺むさい掛け方、いいえ、そんな言い方では言い足りない。風采の上がらぬ人といってもいろいろあるけれど、本当にどこから見ても風采が上がらぬ人ってそうたんとあるものではない、それをその人ばかりは、誰が見たって、この私の欲眼で見たって、——いや、止そう。私だってちょっとも綺麗じゃない。歯列を矯正したら、まだいくらか見られる、——いいえ、どっちみち私は醜女、しこめです。だから、その人だって、私の写真を見て、さぞがっかりしたことだろう。私の生れた大阪の方言でいえばおんべこちゃ、そう思って私はむしろおかしかった。あんまりおかしくて、涙が出て、折角縁談にありついたという気持がいっぺんに流されて、ざまあ見ろ。はしたない言葉まで思わず口ずさんで、悲しかった。浮々した気持なぞありようがなかった。くどいようだけれど、それだのにいそいそなんて、そんな……。

　もっとも、その当日、まるでお芝居に出るみたいに、生れてはじめて肌ぬぎになって背中にまでお白粉をつけるなど、念入りにお化粧したので、もう少しで約束の時間に遅れそうになり、大急ぎでかけつけたものだから、それを見合いはともかくそんな大袈裟な化粧をしたということにさすがに娘らしい興奮もあったものだから、いくらかいそいそしているように、はた眼には見えたのかも知れない。と、こう言い切ってしまっては至極あっけないが、いや、そう誤解されたと思っていることにしよう。

　とにかく出掛けた。ところが、約束の場所へそれこそ大急ぎでかけつけてみると、その人はまだ来ていなかった。別室とでもいうところでひっそり待っていると、仲人さんが顔を出し、実は親御さん達はとっくに見えているのだが、本人さんは都合で少し遅れることになった、というのは、本人さんは今日も仕事の関係上欠勤するわけにいかず、平常どおり出勤し、社がひけてからここへやって来ることになっているのだが、たぶん急に用事ができて脱けられぬと思う、よってもう暫らく待っていただけないか、いま社へ電話しているから、それにしても今日は良いお天気で本当に——、ぼうっとして顔もよう見なかったなんて恥かしいことにはなるまい、いいえ、ネクタイの好みが良いか悪いかまでちゃんと見届けてやるんだなどと、まるで浅ましく肚の中で眼をきょろつかせた意気込んだ気持がいっぺんにすかされたようで、いやだわ、いやだわ、こんなことなら来るんじゃなかったわと、わざと二十歳前の娘みたいにくねとすね、それをはたの者がなだめる、——そんな騒ぎの、しかしどちらかといえば、ひそびそした時間が一時間経って、やっとその人は来た。赤い顔でふうふう息を弾ませ、酒をのんでいると一眼でわかった。

あとで聞いたことだが、その人はその日社がひけて、かねての手筈どおり見合いの席へ行こうとしたところを、友達に一杯やろうかと誘われたのだった。見合いがあるからと断ればよいものを、そしてまたその口実なら立派に通る筈だのに、また、当然そう言わねばならぬのに、その人はそれが言えなかった。これは私にとって、どういうことになるんだろう。日頃、附合いの良いたちで、無理に誘われると断り切れなかったなんて、浅い口実だ。何ごとにつけてもいやと言い切れぬ気の弱いたちで……などといってみたところで、しかし外の場合と違うではないか。それとも見合いなんかどうでも良かったのだろうか。私なんかと見合いするのが恥かしくて、見合いに行くと言えなかったのだろうか。いずれにしても私は聞いて口惜しかった。けれど、いいえ、そんな風には考えたくなかった。矢張り見合いは気になっていたのだが、まだいくらか時間の余裕はあったから、少しだけつきあって、いよいよとなれば席を外して駈けつけよう、そんな風な虫のよいことを考えてついて行ったところ、こんどはその席を外すということが容易でなく、結局ずるずると引っ張られて、到頭遅刻してしまったのだ――と、そんな風に考えたかった。つまりは底抜けに気の弱い人、決して私との見合いを軽々しく考えたのでも、またわざと遅刻したのでもないと、ずっとあとになってからだが、そう考えることにした。するといくらか心慰まったが、それにしても随分頼りない人だということには変りはない。全くそれを聞かされた時は、何という頼りない人かとあきれるほど情けなかった。いや、頼りないといえば、そんな事情をきかされるまでもなく、既にその見合いの席上で簡単にわかってしまったことなのだ。遅刻はするし、酔っぱらっては来るし、もうこんな人とは結婚なんかするものかと思ったが、そう思ったことがかえって気が楽になったのか、相手が口を利かぬ前にこちらから物を言う気になり、大学では何を専攻されましたかと訊くと、はあ、線香ですか、好きです。頼りないというより、むしろ滑稽なくらいだった。誰も笑わず、けれど皆びっくりした。私は何故だか気の毒で、暫く父御さんの顔を見られなかったが、やがて見ると、律義そうなその顔に猛烈な獅子鼻がさびしくのっかっており、そしてまたそれとそっくりの鼻がその人の顔にも野暮ったくくっついているのが、笑いたいほどおかしく分って、私は何ということもなしに憂鬱になり、結婚するものかという気持がますます強くなった。それでもう私はあと口も利かず、陰気な唇をじっと嚙み続けたまま、そして見合いは終った。

その時の私の態度と来たら、まるではたの人がはらはらしたくらい、不機嫌そのものであったから、もう私は嫌われたも同然だと、むしろサバサバする気持だったが、暫らくして来た返事は不思議にも気に入ったとのことで、すっかり驚いた。こちらからもすぐ返事して、異存はありませんと、簡単に目出度く、——ああ、恥かしいことだ。考える暇もなくとたんにそんな風に心を決めて、飛びつくように返事して、全く想えば恥かしい。あんな人とは絶対に結婚なんかするものかと、かたく心に決め、はたの人にもいっていたくらいだのに、まるで掌をかえすように――浅ましい。ほんとうに私は焦っていたのだろうか。もしそうなら、いっそう恥かしい。いいえ、そんなことはない。焦ったりなんぞ私はしやしなかった。ただ私は、人に好かれたかった、自分に自信をもちたかった、自分の容貌にさえ己惚れたかったのだ。だから、はじめて見合いして、仲人口を借りていえば、ほんとうに何から何まで気に入りましたといわれれば、私も女だ。いくらかその人を見直す気になり、ぼそんと笑ったときのその人の、びっくりするほど白い歯を想いだし、なんと上品な笑顔だったかと無理に自分に言いきかせ、これあるがために私も救われると、そんな生意気な表現を心に描いたのだった。私はそれまで男の人に好かれた経験はなかった。たとえ仲人口にしろ、何から何まで気に入りましたなんて、言われた経験はなかった。私がその時いくらか心ときめいたとしても、はしたないなぞと言わないでほしい。仲人さんのそのお言葉を聞いた晩、更けてから、こっそり寝床で鏡を覗いたからって、嗤わないでほしい。

ところが、何ということだ。その人がお友達に見合いの感想を問われて、語ったことには、――酔っぱらってしまって、どんな顔の女かさっぱり分らなかった。しかし、とにかく見合いをした以上、断るということは相手の心を傷つけることになる。見合いなんか一生のうちに一度すれば良いことだ。だから、ともかく貰うことにした、

――それをあとでそのお友達が私に冗談紛れに言って下すった。私は恥かしくて、顔の上に火が走り、それがちらちら心を焼いて、己惚れも自信もすっかり跡形もなくなってしまった。すると、そのお友達はお饒舌の上に随分屁理屈屋さんで、だから奥さん、あなたは幸福ですよ。そして言うことには、僕の知ってる男で、嘘じゃない、六十回見合いをした奴がいます。それというのも奴さんも奴さんだが、奴さんのおふくろというのが俗にいう女傑なんで、あれでもなしこれでもなしとさまざま息子の嫁を探したあげく、到頭奴さんの勤めている工場の社長の家へ日参して、どうぞお宅のお嬢さんを倅の嫁にいただかせて下さいと、百万遍からたのみ、しまいには洋風の応接間の敷物の上にぺたりと土下座し、頭をすりつけ、結局ものにしたというんです。もっとも、奴さんはその工場でたった一人の大学出だということも社長のお眼鏡に適ったらしいんだが、なに、奴さん大学は中途退学で、履歴書をごまかして書いたんですよ。いまじゃ社長の女婿だというんで、工場長というのに収まってしまって、ついこの間まではダットサンを乗り廻わしていましたがね。ところで、奥さん、そんな男と結婚するよりは、軽部君と結婚した方がなんぼう幸福だか、いや、僕がいうまでもなく、既に軽部夫人のあなたの方がよく御存知だ。聞きたくなかった。そんなお談義聞きたくなかった。私はただ、何ということもなしに欺されたという想いのみが強く、そんなお談義は耳にはいらず、無性に腹が立って腹が立って、お友達にではない、あの人にでもない、自分自身に腹が立って……。しかし腹が立つといえば、いわゆる婚約期間中にも随分腹の立つことが多かった。ほんとうにしょっちゅう腹を立てて、自分でもあきれるくらい、自分がみじめに見えたくらい、また、あの人が気の毒になったくらい、けれど、あの人もいけなかった。

婚約してから式を挙げるまで三月、その間何度かあの人と会い、一緒にお芝居へ行ったり、お食事をしたりしたが、そのはじめて二人きりでお会いした日のことはいまも忘れられない。いいえ、甘い想い出なんかのためではない。はっきり言えば、その反対だ。文楽へ連れてってやるとのことで、約束の時間に四ツ橋の文楽座の前へ出掛けたところ、文楽はもう三日前に千秋楽で、小屋が閉っていた。ひとけのない小屋の前でしょんぼり佇んで、あの人の来るのを待った。約束の時間はとっくに来ているのに、眼鏡を掛けたあの人はなかなかやって来なかった。誰かが見て嗤ってやしないだろうかと、思わずそのあたりきょろきょろ見廻わす自分が、可哀想だった。待ち呆けをくっている女の子の姿勢で、ハンドバックからあの人の手紙をだして、読み直してみた。その日の打ち合わせを書いたほかに、僕は文楽が大好きです、ことに文三の人形はあなたにも是非見せてあげたいなどとあり、そのみみずが這うような文字で書かれた手紙が改めていやになった。それに文三とは誰だろう。そんな人形使いはいない。たぶん文五郎と栄三をごっちゃにしたのだろう。おまけに文楽が文薬となっており、東京の帝国大学を出た人にこんな人がざらにいるとすれば、ほんとうにおかしな、由々しいことだと、私は眼玉をくるくる動かして腹を立てていた。散々待たせて、あの人はのそっとやって来、じつは欠勤した同僚の仕事をかわってやっていたため遅れたのだ、と口のなかでもぐもぐ弁解した。一時間待ちましたわ、と本を読むような調子で言うと、はあ、一時間も待ちましたか。文楽は今日はございませんのよ、と言うと、はあ、文楽は今日はありませんか。人の口真似ばかしするのだ。御堂筋を並んで歩きながら、風がありますから今日はいくらか寒いですわねと言うと、はあ、寒いですな、風があるからと口のなかでもぐもぐ……、それでなくてさえ十分腹を立てていた私は、川の中へ飛び込んでやろうかと思った。そんな私の気持があの人に通じたかどうか、文楽のかわりにと連れて行って下すったのが、ほかに行くところもあろうに法善寺の寄席の花月だった。何も寄席だからわるいというわけではないが、矢張り婚約の若い男女が二人ではじめて行くとすれば、音楽会だとかお芝居だとかシネマだとか適当な場所が考えられそうなもの、それを落語や手品や漫才では、しんみりの仕様もないではないか、とそんなことを考えていると、ちっとも笑えなかった。寄席を出るともう大ぶ更かったから、家まで送ってもらったが、駅から家まで八丁の、暗いさびしい道を肩を並べて歩きながら、私は強情にひとことも口を利かなかった。じつは恥かしいことだが、おなかが空いて、ペコペコだったのだ。あの人は私に夕飯をご馳走するのを忘れていたのだ。なんて気の利かない、間抜けた人だろうと、一晩中眉をひそめていた。

　しかし、その次会うた時はさすがにこの前の手抜かりに気がついたのか、まず夕飯に誘って下すった。あらかじめ考えて置いたのだろう、迷わずにすっと連れて行って下すったのは、冬の夜に適わしい道頓堀のかき舟で、酢がきやお雑炊や、フライまでいただいた。ときどき波が来て私たちの坐っている床がちょっと揺れたり、川に映っている対岸の灯が湯気曇りした硝子障子越しにながめられたり、ほんとうに許嫁どうしが会うているというほのぼのした気持を味わうのにそう苦心は要らなかったほど、思いがけなく心愉しかったが、いざお勘定という時になって、そんな気持はいっぺんに萎えてしまった。仲居さんが差し出したお勘定書を見た途端、あの人は失敗《しも》たと叫んで、白い歯の間からぺろりと舌をだした。そしてみるみる蒼くなった。中腰のままだった。仲居さんは、あの人が財布の中のお金を取り出すのに、不自然なほど手間が掛るので、諦めてぺたりと坐りこんで、煙草すら吸いかねまい恰好で、だらしなく火鉢に手を掛け、じろじろ私の方を見るのだった。何という不作法な仲居さんだろうか、と私はぷいと横をむいたままでいたが、あ、お勘定が足りないのだとすぐ気がつきハンドバックから財布を出して、黙ってあの人の前へおしやり、ああ恥かしい、恥かしいと半分心のなかで泣きだしていた。それでやっとお勘定もお祝儀もすませることが出来たのだが、もしその時私がそうたくさん持ち合わせがなかったら、どんなことになっただろう。想ってもぞっとする。そんなこともあろうかと考えたわけではないが、とにかく女の私でさえちゃんと用意して来ているのに、ほんとうにこの人と来たら、お勘定が足りないなんてどんな気でいるのだろうか、それも貧乏でお金が無いというのならともかく、ちゃんとした親御さんもあり、無ければ無いで外の場合ではないんだし、その旨言って貰うことも出来た筈だのに……と、もう一月も間がない結婚のことを想って、私は悲しかった。

ところが、あとでわかったことだが、ほんとうは矢張りその日の用意にと親御さんから貰っていたのだ。それをあの人は昼間会社で同僚に無心されて、断り切れず貸してやったのだった。それであといくらも残らなかったがたぶん足りるだろうとのんきなことを考えながら、私をかき舟に誘ったということだった。しかし、いくらのんきとはいえ、さすがに心配で、足りるだろうか、足りなければどうしようかなど考えながら食べていると、まるで味などわからなかったと言う。なるほどそう言えば、私が話しかけてもとんちんかんな受け答えばかししていたのは、いつものこととはいいながら、ひとつにはやはりそのせいもあったのかも知れない。それにしても、そんな心配をするくらいなら、また、もしかすると私にも恥をかかすようなことになるとわかっているのだから、同僚に無心された時、いっそきっぱりと断ったらよかりそうなものだ、また、そうするのが当然なのだ、と、それをきいた時私は思ったが、それがあの人には出来ないのだ。気性として出来ないのだ。しかもそれは、なにも今日明日に始まったことではなく、じつはあの人のお饒舌のお友達に言わせると、京都の高等学校にいた頃からのわるい癖なのだそうだ。

その頃あの人は、人の顔さえ見れば、金貸したろか金貸したろか、と、まるで口癖めいて言っていたという。だから、はじめのうちは、こいつ失敬な奴だ、金があると思って、いやに見せびらかしてやがるなどと、随分誤解されていたらしい。ところが、事実あの人には五十銭の金もない時がしばしばであった。校内の食堂はむろん、あちこちの飯屋でも随分昼飯代を借りていて、いわばけっして人に金を貸すべき状態ではなかった。それをそんな風に金貸したろかと言いふらし、また、頼まれると、めったにいやとはいわず、即座によっしゃと安請合いするのは、たぶん底抜けのお人善しだったせいもあるだろうが、一つには、至極のんきなたちで、たやすく金策できるように思い込んでしまうからなのである。ところが、それが容易でない。他の人は知らず、ことにあの人にとってはそれはむしろ絶望的と言ってもよいくらいなのである。

頼まれて、よっしゃ、今ないけど直ぐこしらえて来たる、二時間だけ待っててくれへんかと言って、教室を飛び出すものの、じつはあの人には金策の当てが全くないのだ。こうーっと、いろいろと考えていると、頭が痛くなり、しまいには、何が因果で金借りに走りまわらんならんと思うのだが、けれど、頼まれた以上、というのはつまり請合った以上というのに外ならないのだが、あの人にとってはもはや金策は義務にひとしい。だから、まず順序として、親戚で借りることを考えてみる。京都には親戚が二軒、下鴨と鹿ヶ谷にあり、さて学校から歩いて行ってどっちの方が近いかなどとは、この際贅沢な考え、じつのところどちらへも行きたくない。行けない。両方とも既にしばしば借りて相当借金も嵩んでいるのだ。といって、ほかに心当りもなく、自然あの人の足はうかうかと下鴨なら下鴨へ来てしまう。けれど、門をくぐる気はせず、暫らく佇んで引きかえし、こんどはもう一方の鹿ヶ谷まで行く。下鴨から鹿ヶ谷までかなりの道のりだが、なぜだか市電に乗る気はせず、せかせかと歩くのだ。

そんなあの人の恰好が眼に見えるようだ。高等学校の生徒らしく、お尻に手拭いをぶら下げているのだが、それが妙に塩垂れて、たぶん一向に威勢のあがらぬ恰好だったろう。いや、それに違いあるまい。その頃も眼鏡を、そう、きっと掛けていたことだろう。爺むさい掛け方で……。

やがて、あの人は銀閣寺の停留所附近から疏水伝いに折れて、やっと鹿ヶ谷まで辿りつく。けれど、やはり肝心の家の門はくぐらず、せかせかと素通りしてしまう。そしてちょっと考えて、神楽坂の方へとぼとぼ……、その坂下のごみごみした小路のなかに学生相手の小質屋があり、今はそこを唯一のたのみとしているわけだが、しかし質種はない。いろいろ考えた末、ポケットにさしてある万年筆に思い当り、そや、これで十円借りようと、のんきなことを考える。むろん誰が考えても無謀な考えにちがいないが、あの人はしばらくその無謀さに気がつかない。なんとかなるだろうと、ふらふらと暖簾をくぐり、そして簡単に恥をかかされて、外に出ると、大学の時計台が見え、もう約束の二時間は経っているのだった。いつものことなのだそうだ。

あ、軽部の奴また待ち呆けくわせやがったと、相手の人がぷりぷりしている頃、あの人は京阪電車に乗っている。じつは約束を忘れたわけではなく、それどころか、最後の切札に、大阪の実家へ無心に帰るのである。たび重なって言いにくいところを、これも約束した手前だと、無理矢理勇気をつけ、誤魔化して貰い、そして再び京都に戻って来ると、もうすっかり黄昏で、しびれをきらした友達がいつまでも約束の場所に待っている筈もない。失敗《しも》た、とあの人は約束の時間におくれたことに改めて思いあたり、そして京都の夜の町をかけずりまわって、その友達を探すのである。ところが、せかせかと空しく探し歩いているうちに、ひょっくり、別の友達に出くわし、いきなり、金貸してくれと言われるが、無いとも貸せぬともあの人は言えぬ。と、いって、はじめの人に渡すつもりの金ゆえ、すぐよっしゃとはさすがに言えず、しばらくもぐもぐためらっている。が、結局うやむやのうちに借りられてしまうのである。

ところが、はじめのうち誰もそんな事情は知らなかった。わざわざ大阪まで金策に行ったとは想像もつかなかった。だから、待ち呆けくわされてみると、なんだか一杯くわされたような気がするのである。いやとは言えない性格だというところにつけこんで、利用してやろうという気もいくらかあったから、ますます一杯くわされた気持が強いのだ。金貸したろかなどという口癖は、まるでそんな、利用してやろうなどというやしい気持を見すかしてのことではなかろうかとすら思われたのだ。しかし、やがてあの人にはそんな悪気は些かもないことがわかった。自分で使うよりは友人に使ってもらう方がずっと有意義だという綺麗な気持、いやそれすらも自ら気づいてない、いわば単なる底ぬけのお人よしだからだとわかった。すると、もう誰もみな安心して平気であの人を利用するようになった。ところが、今まで人の顔さえ見れば、金貸したろか金貸したろかと利用されてばかしいたあの人が、やがて、人の顔さえ見れば、金貸してくれ金貸してくれと言うようになった。にたっと笑いながら、金もってへんかと言うのだ。変ったというより、つまりしょっちゅう人に借りられているため、いよいよのっぴきならぬほど金に困って来たと見るべきところだろうが、ともかくこれまで随分馬鹿にし切っていたから、その変り方には皆は驚いた。ことにその笑顔には弱った。これまで散々利用して来たこちらの醜い心を見すかすような笑顔なのだ。だからあれば無論のこと、無くてもいやとは言えないのだ。げんにあの人は無い場合でもよっしゃとひき受けたのである。それを利用して来た手前でも、そんなことは言えぬ。けれど、誰もあの人のような風には出来ぬ。だから、無ければ無いと断る。すると、あの人はにたっと笑ってもう二度とその言葉をくりかえさぬ。あれば貸すんだがと弁解すると、いや構めへん、構めへんとあっさり言う。しかし、その何気ない言い方が、思いがけなく皆の心につき刺さるのだ。皆は自分たちの醜い心にはじめて思いあたり、もはやあの人の前で頭の上がらぬ想いに顔をしかめてしまうのだった……。

と、そんな昔話をながながと語った挙句、その理屈屋のお友達は、全く軽部君の前ではつくづく自分の醜さがいやになりましたよと言ったが、あの人に金を借りられてあの人の立派さがわかったなんて、ほんとうにおかしなことを言う人だ。あの人はそんなに立派な人だろうか。私もあの人に金を借りられたが、ちっともそんなことは感じなかった。いや、むしろますますあの人に絶望したくらいだ。

それはもう式も間近かに迫ったある日のこと、はたの人にすすめられて、美粧院へ行ったかえり、心斎橋の雑鬧のなかで、ちょこちょここちらへ歩いて来るあの人の姿を見つけ、あらと立ちすくんでいると、向うでも気づき、えへっといった笑い顔で寄って来て、どちらへとも何とも挨拶せぬまえから、いきなり、ああ、ええとこで会うた、ちょっと金貸してくれはれしまへんかと言って、にたにた笑っているのだ。火の出る想いがし、もじもじしていると、二円でよろしい。あきれながら渡すと、ちょっと急ぎますよってとぴょこんと頭を下げて、すーと行ってしまった。心斎橋筋の雑鬧のなかでひともあろうに許嫁に小銭を借りるなんて、これが私の夫になる人のすることなのか、と地団駄踏みながら家に帰り、破約するのは今だと家の人にそのことを話したが、父は、へえ？　軽部君がねえ、そんなことをやったかねえ、こいつは愉快だ、と上機嫌に笑うばかりで、てんで私の話なんか受けつけようとしなかった。私はなんだか自分までが馬鹿にされたような気になり、ああ、いやだ、いやだ、昼行燈みたいにぼうっとして、頼りない人だと思っていたら、道の真中で私に金を借りるような心臓の強いところがあったり、ほんとうに私は不幸だわ、と白い歯をむきだして不貞くされていた。すると、母は、何を言います、夫のものは妻のもの、妻のものは夫のもの、いったいあんたは小さい時から人に金を貸すのがいやで、妹なんかにでも随分けちくさかったが、たかだか二円のことじゃありませんか、と妙に見当はずれた、しかし痛いことを言い、そして、あんたは軽部さんのことそんな風に言うけれど、私はなんだか素直な、初心な人だと思うよ、変に小才の利いた、きびきびした人の所へお嫁にやって、今頃は虐められてるんじゃないかと思うより、軽部さんのような人の所へやる方が、いくら安心か分りゃしない云々。巧い理屈もあるものだと聞いていると、母は、それにねえ、よく世間で言うじゃないか。女房の尻に敷かれる人はかえって出世するものだって……。ああ、いやらしい言葉だと私は眉をひそめたが、あとでその母の言葉をつくづく考えて、なぜだかはっとした。

二月の吉日、式を挙げて、直ぐ軽部清正、同政子（旧姓都出）と二人の名を並べた結婚通知状を三百通、知人という知人へ一人残らず送った。勿論私の入知慧、というほどのたいしたことではないけれど、しかしそんな些細なことすら放って置けばあの人は気がつかず、紙質、活字の指定、見本刷りの校正まで私が眼を通した。それから間もなく私は、さきに書いたような、金銭に関するあの人の悪い癖を聞いたので、直ぐあの人に以後絶対に他人には金を貸しませんと誓わせ、なお、毎日二回ずつあの人の財布のなかに入れてやるほかは、余分な金を持たせず、月給日には私が社の会計へ行って貰った。毎日財布を調べて支出の内容をきびしくきくのは勿論である。そんな風に厳重にしたので、まず大丈夫だと思っていたところ、ある日、あの人の留守中見知らぬ人が訪ねて来て、いきなり僕八木沢ですと言い、あと何にも言わずもじもじしているので、薄気味悪くなり、何か御用事ですかときくと、その人はちょっと妙な顔をして、奥さん、何にも軽部君からお聞きじゃないのですかと言う。思わずどきんとして、いいえと答えると、その人は、実は軽部君からお金を借りることになっているのですが、軽部君のおっしゃるのには女房にその旨話して置くから家へ来て女房から貰ってくれということでしたので、約束どおり参ったようなわけなんですと言い、それじゃほんとうに奥さんは何にも御存知なかったんですな、軽部君は何にも話しておいてくれなかったんですなと、驚いた顔にいくらかむっとした色を浮べた。なるほどあの人のやりそうなことだ、と私はその人の言うことを全部信用したが、といって聞いてもいないのに見知らぬ人に貸せるわけもなく、さまざまいいわけして帰って貰い、気まりがわるいというより、ほんとうに気の毒だった。夜、あの人が帰って来るなり、はしたないことだが、いきなり胸倉を摑まえてそのことをきくと、案の定、言いそびれてでん、とぼそんとした。私は自分でも恥かしいくらい大きな声になり、あなたはそれで平気なんですか、八木沢さんが今日来られることはわかってたんでしょう、八木沢さんになんと弁解するおつもりですかとわめき立てた。すると、あの人は急に悲しい顔をして、八木沢君にはいま金もって行ったから、それで済んだと言った。そのお金はどうしたんですか、どこでつくったんですか。そう言いながら、ふとあの人の胸のあたりを見ると、いつもと容子がちがう。驚いてオーバーを脱がせた。案の定、上着もチョッキもなかった。質入れしたのだ、ときくまでもなくわかり、私ははじめてあの人を折檻した。自分がヒステリーになったかと思ったくらい、きつく折檻した。しかし、私がそんな手荒なことをしたと言って、誰も責めないでほしい。私の身になってみたら、誰でも一度はそんな風にしたくなる筈だ。といっても、私の言ってるのは、何もただ質入れのことだけじゃない。あの人は私に折檻されながら、酒をのんでるわけでもないのに、いつの間にかすやすやと眠ってしまった。ほんとうにそう言う人なのだ。それを私は言いたいのです。結果があとさきになったけれど、誰だってそんな風に眠ってしまうあの人を見れば、折檻したくなるではないか。少なくとも小突いたり、鼻をつまんだり、そんな苛め方をしてみたくなる筈だ。嘘と思うなら、あの人と結婚してみるがいい。いいえ、誰もあの人と結婚することは出来ない。私はあの人の妻だもの。そんな風にして眠ってしまったあの人の寝顔を見ていると、私は急にあてどもない嫉妬を感じた。あの人は私のもの、私だけのものだ。私は妊娠しているのです。

　私は生れて来る子供のためにもあの人に偉くなって貰わねばと思い、以前よりまして声をはげまして、あの人にそう言うようになったが、あの人はちっとも偉くならない。女房の尻に敷かれる人はかえって出世するものだ、と母が言った言葉は出鱈目だろうか。それともあの人はちっとも私の尻に敷かれていないのだろうか。ともかくあの人は会社の年に二回の恒例昇給にも取り残されることがしばしばなのだ。あの人の社には帝大出の人はほかに沢山いるわけではなし、また、あの人はひと一倍働き者で、遅刻も早引も欠席もしないで、いいえ、私がさせないで、勤勉につとめているのに、賞与までひとより少ないとはどうしたことであろうと、私は不思議でならなかったが、じつはあの人は出退のタイムレコードを押すことをいつも忘れているので、庶務の方ではあの人がいつも無届欠勤をしているようにとっていたのだ、とわかった。一事が万事、なるほど昇給に取り残されるのも無理はないと悲しくわかり、その旨あの人にきつく言うと、あの人は、そんなことまでいちいち気をつけて偉くならんといかんのか、といつにない怖い顔をして私をにらみつけた。そして、昼間はひとの分まで仕事を引き受けて、よほど疲れるのだろうか、すぐ横になって、寝入ってしまうのでした。

解説対談——過呼吸になりそうなほど怖かった！

北村薫・宮部みゆき

（『名短篇ほりだしもの』収録の作品について、編者のお二人に語っていただきました。本対談は、作品の内容や結末にも触れておりますので、最後にお読みください。）

……『とっておき名短篇』解説対談より続く

北村　『名短篇ほりだしもの』は、宮沢章夫さんのエッセイから始まります。

宮部　私はこの二つだったら「**探さないでください**」のほうが好きかな。

北村　「**だめに向かって**」では文学者のことを扱っていて、「探さないでください」にはミステリのことが出てくる。独特な形の小説論みたいなところがあります。

宮部　私は、三島由紀夫にも太宰治にもあまり興味がないので知りませんでしたけど、三島はそんなに太宰が嫌いだったんですか？

北村　そう言いますね。

面白いのが坂口安吾。「ボクはもう治っている」。いきなりこうだ（笑）。

宮部　大変わかりやすい（笑）。ここに出てくる岩野泡鳴《ほうめい》って、以前のアンソロジー（『名短篇、さらにあり』ちくま文庫）で出てきましたよね。

北村　「ぼんち」という作品を取り上げた、偉大なる馬鹿と言われた作家です。恋愛小説を書こうと思って、「じゃあ、恋愛しなくちゃ」と、一所懸命恋愛したりした。

宮部　でも、「ぼんち」書くために、電柱に頭ぶつけられても（笑）。あれは忘れられない短篇です。

北村　ミステリ関係者としては、「探さないでください」がなんとも言えなくてね。ダイイング・メッセージはミステリだと非常によく出てくるものですから。死ぬ間際に「犯人は、私のよく知っている男で……皆さんもよくご存じの」。

宮部　いいからとっとと名前を言えと（笑）。

北村　こんなヤツ死んでもよかった（笑）。

宮部　後半もよくわかりますね。人は、興奮すると変な言葉を言うんですよ。座談会でも、話に熱が入ってきてみんなが盛り上がってくると、こういう感じになる。「ほら、あれがさ、これでドッカン、パッカンでさ」って。聞いている人は、さっぱりわからないですよね。

北村　実際にテレビ番組でありましたよ。警察や消防への連絡を取り上げた番組ですが、「あ～……」とか、そんなのですね。

宮部　うまく話せないんですね。

北村　このように、宮沢さんはものの見方の面白さを独特な文体で見せてくれるところが印象的です。以前取り上げた岩野泡鳴の絡みもあり、またミステリ人間としても気になるものを冒頭に持ってこさせていただきました。

北村　そして、「**吹いていく風のバラッド**」です。これは原稿用紙三枚から二十枚のストーリー、二十八話からなっている本です。小説の書き方講座が山形であり、池上冬樹さんが、この「16」を模範例として使われたそうです。池上さんが朗読していくと、最初は静かに聞いていたのが、途中から中年女性たちがザワザワしだすという。このエピソードが大好きでね。

宮部　なんてったって、ダンナを撃ち殺しちゃう話ですからね。

北村　この世界を、例えば、東北の田舎町で、銃でというと、まるっきり違う話になる。ここに、メンソール煙草やシングル・アクション・アーミーのシヴィリアン・モデルが出てくるところが片岡さんの世界なんでしょうね。

宮部　「12」の、オートバイ乗りが食堂に白いご飯と福神漬けだけ買いに行って……というのも好きなんですよ。とても日常的なんだけど、オシャレでカッコいい。それで、このカレーがすごく美味しそうなの。

　このライダーがオバさんに「ご飯ちょうだい」と言うところも大好き！　「ライス」じゃなくて、「ご飯」。しかも、「ちょうだい」。これは片岡さんご自身もやったことがあるんでしょうね、きっと。

北村　「12」のほうはその実感がポイントなわけですが、「16」のほうは、むしろ実感から離れている。

宮部　意外とダークな話があるんだなということに驚きました。ダークとはおよそかけ離れた作風の方だと思っていました。

北村　「16」は、ダークで爽快という感じになるわけでしょう、女性から見て。殺されるけど、本当に殺されるという感じじゃないですね。そのために外国を舞台にしている。抽象的な一つの概念としての銃撃。

宮部　頭の中のね。

これを読んで思いましたけど、いかにもハードボイルド風なカッコいいフレーズって、見返りを求めて書いちゃダメなんです。ここで読者にカッコいいと思われようとか計算しちゃうと、臭みが出るんですよ。片岡さんはこんなオシャレなカッコいい文章をいっぱい書きながら、たぶん、見返りを一切求めずに書いてこられたんじゃないかなと思います。私はハードボイルドが苦手で、それは、カッコいい台詞が恥ずかしいからなんですよ。その延長線で片岡さんの作品もあまり縁がなかったんです。

このクールな世界は、今こそしっかり評価されるべきですね。私みたいな、ハードボイルドの男たちはカッコよすぎて、女が読むと恥ずかしいからと思っていた女性読者に、是非読んでほしいです。

北村　続いて第二部は中村正常から。

宮部　いやあ、楽しかったです。

北村　ちょっとお目にかからないタッチでしょう？

宮部　独特ですね。北村先生は、この作家にどのように出会われましたか。

北村　これです。『日本現代文学全集　現代名作選㈠』（講談社）。全集といえば筑摩ですけど、こちらも戦後の名全集のひとつだと思います。この中に「アミコ・テミコ・チミコ」というのが入っています。（なお、不思議なことにこの全集のこの物語には一字欠字がある。「今日もまた僕

の　でのみ勝手に」となっているのだ。戦前の本を見ると、ここには「方《はう》」という字が入る。「僕の方でのみ」となる。単純ミスだろう）こういう題だと、何だろうなと思うでしょう？

宮部　これは、アミコちゃん、テミコちゃん、チミコちゃんですかね。

北村　そうです。ここに作者の写真があります。中村メイコさんのお父さんですね。一つの時代を代表する、モダンなユーモア小説の書き手でした。「**日曜日のホテルの電話**」は『新青年』に載ったんですよ。いかにも新青年的なモダンボーイが喜ぶお話になっています。

宮部　こういうタッチは初めて出会いました。

北村　実はこの人は、小林秀雄に立ち向かって打ちのめされたことがあるんです。

あるとき、小林秀雄がナンセンス文学に関する文章で中村正常のことを語ったんです。中村は、そこで『文藝春秋』の誌上に反駁《はんばく》する文章を書いた。それに対する小林秀雄の返答が名文「中村正常君へ」です。小林秀雄はこう言っている。「「人々は僕の作を読んでみんな笑ったくせに、後で悪口を言った」と、君はいつか私に語ったことがある。これは、君の言った言葉のうちで最も美しい言葉だ」と。なぜなら、ここにはぎりぎりの真実があるからです。だから、小林秀雄は「君の言った言葉のうちで最も美しい言葉だ」と言った。これは実に見事な文章だと思う。つまりこれは、その「美しい言葉」は、君の作品の中には出てこないと言っているわけなんです。

宮部　厳しい話ですねえ……。

北村　そういうことを、こういう形で端的に言える小林秀雄は、やはり凄い人だと思います。急所を見事に切る。
しかし、命がけには「いのちがけ」もあり「イノチガケ」もある。中村正常の場合は「INOCHI-GAKE」だと思います。
それはそれで凄いと思うんですよ。楽しいし、中村正常独自の世界がある。彼は、そういう形で自分の存在をかけているんです。これだけのものを書くことは容易なことではない。この軽妙さ。
宮部　楽しいですよ。実は私、電話交換手の資格を持っているので、このホテルの交換手に感情移入しちゃいました。「あとで、ひまんなったら、かたき打ちはきっといたしますわ」という台詞、マイブームです（笑）。
北村　ユーモア文学で、中村正常の書いたような形態のものはあまりない。それに対して、いわば「これだけのもの」と言った小林秀雄は正しいのでしょう。でも、そう言われちゃうと悲しいよね。
逆に言えば、小林秀雄にこの残酷かつ魅力的な言葉を書かせたということでも、中村正常の作品は一つの意味がある。
宮部　どの話もみんなぴかぴかっと明るいですよね。「**幸福な結婚**」は、「僕の家内だ、よろしく」ですね。これも楽しい。「英語なんぞ、今日も失敬しちゃってよ」と。
北村　モダンボーイたちの口調も、いま見ると面白いよね。「血桜団」とか、固有名詞のネーミングだけ見ても、なかなか。
宮部　そうそう。いろいろ食べておなかをこわして、おなかの中で十二種類の革命が起きたとかね。「**三人のウルトラ・マダム**」も大いに笑いました。「ウルトラ・マダム」もマイブームになりそう（笑）。
北村　こういう作品が昭和の初頭にあって、ハイカラで洒落ていたわけです。
宮部　時代の先端だ。
北村　肩を怒らせず、しかし、一つの時代を読むつもりで読んでいただければと思います。なお、最後のページに作者自筆のコメントが入っています。これは、春陽堂の『明治大正昭和文學全集57』に収められていたものです。いかにもこの作者らしいものと思い、ここに再録しました。
北村　石川桂郎は、家業の理髪店を継ぐ傍ら俳人として活躍した人です。小説も非常に上手い。角川文庫版の「剃刀日記《かみそり》」には石塚友二が解説を書いています。
　これはラジオでも朗読が放送されました。石川桂郎には、こういう句があるんですよ。
「わが作のラジオ洩る夜の蜆汁《しじみ》」。たぶん、『剃刀日記』がラジオで朗読されたということではないかと思います。これを読んで、短篇の名手、永井龍男がビックリしている。
宮部　錚々たるメンバーがビックリしているわけですね。
北村　石川桂郎が小説家としての力量を外部の人に認められたのは、十四年六月号の『鶴』（石田波郷主宰の俳句同人雑誌）に出した、二番目の作品「蝶」によってです。『文藝春秋』編集長だった永井龍男が見出して、『文藝春秋』にその他二篇の新作と共に転載紹介した。
宮部　華々しいデビューですね。
北村　やがて『剃刀日記』という本になり、横光利一が序文をつけ、角川文庫にもなり、ラジオでも放送された。当時は非常に評判になったものです。最近は読む人も少ないでしょうが、まことに見事な短篇ですので この機会にぜひお読みいただきたいです。

「**炭**」なんて、こういう職人がいたとしか思えないよね。作者はみんな作り話だと言っていますが、本当だったのかもしれない。

宮部　「炭」の後ろのほうの言い回しが好きなんです。「あの時は何か大変な騒ぎがあって、私もおつきあいをしたような……」。言い得て妙な表現だなと思いました。

北村　「**薔薇**」の「死人の顔を一度剃ったことがあった」というのも、実際にはなかったんですねえ（笑）。

宮部　この話は、おじいさんが生きているときの、気前はいいけれども因業爺のようなキャラの立て方が印象に残りました。最初に、家事をよく仕切れるからといって、中年の人を女中さんに推薦したら、いくらなんでも歳が行き過ぎだと。うわ〜、そうでしたかスミマセ〜ン（笑）と思いましたね。こんなのも全部創作なんですよね。でも、いたんじゃないのかな、こんなお客さん。

北村　「**少年**」は、随筆集に入っています。小説という扱いではないんですが、どこからどう読んでもこれは小説だと感じました。

宮部　この少年は、ちょっと発育が遅れているということですか？

北村　違います。これは外国人の子です。

宮部　ああ……。だから外に出されない。

北村　偽られて婿になる。最初の奥さんは早々に亡くなるが、妹を後添いにもらってみると、生まれた子は外国人の子、色の白い、髪の毛の濃い、目鼻立ちの整った美しい少年であった。我が子ではないということです。

宮部　「我が子ではない」とは書いていませんよね。

北村　書いていないけれど、そういう読みをするしかないです。「莫迦なことを言うな（中略）しかも子供が三人も居て、それを道連れにするのはどういう肚だ（中略）」「お前にも話せない理由があるのだよ」と書いてあります。つまり、D氏の子ではなかった。そう読まないといけない。

これは裏切りと復讐の話なんですよ。一生を台無しにされたと思った男が復讐をするという。

前途洋々たるものであったはずの自分の人生、帝大卒業の学士様が、偽られて婿になった。しかも、後にもらった妹は色情狂で、外国人の子を産んだ。続く二人の子も、D氏の子ではない。D氏は妻たちに手を出そうともしなかった——というのが正しいでしょう。少なくとも「少年」が生まれてからはそのはずです。

宮部　そういうことだったのか……。私はそういうふうに思わなかった。すごい美人のお母さんなのに、と考えていました。

北村　これは、普通に考えれば離婚すればいい、と思うわけですがそれを選ばない。ここに書かれているのは、理を超越した念です。一生を台無しにされ、一家心中服毒死という形で、「家」を滅ぼし復讐を遂げる。

宮部　花婿が箸を取ると花嫁も一緒になって箸を取ろうとして、隣の婦人に注意されるというシーンがありますよね。あの辺までは、子供っぽくてかわいい花嫁なのかなと思って読んでいたんですよ。そうしたら、「白痴」という強い言葉が出てきて、冷え冷えとした驚きに包まれました。

北村　初夜の日のその瞬間に、スーッと自分の生涯を見据えて、そこに向かって生きていくわけです。そこが恐ろしいよね。裏切られた人生の象徴が、人に見せられない美しい「少年」です。まことに硬質の、久生十蘭《ひさおじゅうらん》を思わせる復讐譚です。

宮部　淡々と書いてあって、決して読みにくい小説ではないんですよね。ただ、ほんとに謎めいている。

北村　昔の人は、過度に語らないんですよ。小説というのは、いかに語るかよりいかに語らないかが勝負だと思います。しかし、言葉を尽くさないと「わからない」と言われちゃう。わからないのはいいんです。無理にわかりやすくしちゃうと、失われるものが出てくる。この話なんか、説明してあったらおしまいです。霧の向こうに見えるようなところに値打ちがある。

宮部　解釈に迷っていると、こうやって教えてもらう。「こうじゃないですか？」「こうだよ」というやり取りができる楽しさもありますよね。

私は「**指輪**」がすごく好きなのですが、「指輪」とこの「少年」を併せて読んでもらうと、この作家の凄味が分かると思います。「指輪」も不幸だし、寝不足のご婦人の正体はわからない。謎が残ります。でもここには人情がありますよね。「指輪を取りに来てくれたらいいのに」というね。「少年」の冷え冷えとした筆致と合わせると、この作家の幅広さ、奥行きの深さを感じます。

北村　「少年」はいかにも事実のように書いているけど、そこが石川桂郎お得意の手で、創作と考えていいだろうと思いますね。

宮部　う〜ん、重たい。

北村　でも、そこの凄さ。この文体で書ける凄さがある。

宮部　これも「いやはや」ですね。「いやはや」の二乗ぐらいの感じ。

北村　石川桂郎という、非常に練達の書き手がいたということです。いかにも俳人らしい細かい描写がある。物を見る目がしっかりしていて、よく見て書いている。

宮部　技巧を感じさせるのではなくて、淡々と書いてあるけれども、必要な言葉を選んでいますね。でも、残酷な話だなあ……。

北村　第三部の最初は芥川龍之介の「**カルメン**」です。私はこれ、中学生のときに読んだんですよ。学校から帰る途中文庫本で歩きながら読んでいて、どの道の辺りだったかまで覚えています。特に最後の辺り、押したり引いたりの加減が本当に上手い。いよいよ真実を明かそうというところで、虫がもがいているグラスを出して一回引くわけです。そして「カルメンのように踊ったのかい？」」。ここでまたパッと切りかえて、給仕を出してくる。この押し引きが鮮やか。あまり人の口に上る短篇ではないし、あざといという感じもある。しかし、私には、初読のときのイメージが強くどうも印象に深いので、思い出と共に入れてもよかろうと思いました。

宮部　登場人物は二人ともイイナに惚れているわけですよね。「僕らのイイナ」とか言っていますからね。

北村　イイナの女性像が恐いじゃない。

宮部　（編集者に）ほら、また女が恐い話ですよ（笑）。

北村　男が書いているからだよね。

宮部　でも、この二人は、その恐いイイナが好きなんですよね。

北村　ここでしかし、正体を知って震撼するというところはあるんでしょう。

宮部　もちろんイイナも悲しんでいるわけですよね。

北村　いや、わからないね。

宮部　悲しんでないですかね？

北村　カルメンだから、男を食って生きるんだよ。

北村　志賀直哉の「**イヅク川**」はどうですか。

宮部　これは夢の話ですよね。

北村　芥川が「夢を書くのは難しい」と言っているんです。夢がいかにも夢として書かれているのは志賀直哉の「イヅク川」ぐらいだと。私はこのことをエッセイにも二回ぐらい書きましたが、そういうこともあって芥川の後にこれを入れました。

宮部　全篇が夢ですが、「ああ、これは夢だから、こういう訳のわからない小説なんだな」という小説ではないですね。

北村　内田百閒的な感じがします。

宮部　ラスト一行の「会いたいと思った人は思い出せなかった」というのがいいなあ。

北村　志賀が内田百閒的世界を書いているというのが面白い。一語、一語が楽しめますよね。

宮部　「さめても此夢から受けた美しい感じが頭に漾《ただよ》っていて」というのもいいなあ。私はリアルな夢を見るタイプで、物を食べれば味がするし、においも残っているんです。触った感触も残っていて、例えばベタベタしているとかも覚えています。でも夢は夢なんですよね。そういう「幻のリアル」が再現されているところが好きです。

北村　芥川・志賀といえば、芥川が志賀に対して圧迫感を感じていたというのは有名な話です。その芥川の死に関わる話ということと、それから、「イヅク川」の世界はどことなく内田百閒に繋がるということもあって、次に「**亀鳴くや**」を入れました。

宮部　たぶん、芥川がしゃべっている言葉は全部実話ですよね。

北村　そうだと思いますね。

宮部　「君の事は僕が一番よく知っている。僕には解るのだ」「奥さんもお母様も本当の君の事は解っていない」「漱石先生の門下では、鈴木三重吉《みえきち》と君と僕だけだよ」この三つの言葉はすごく切ないなと思いました。

北村　これはでも、ほかの人には別のことを言っていますからね。

宮部　ああそうか……。芥川って、簡単に「切ない」と思っちゃいけない作家なんですね。

　今年の夏は、三十年に一度の猛暑でしたけど、それもあってこの最後の四行「芥川君が自殺した夏は大変な暑さで……」というところが印象的でした。「あれぐらい暑かったら、人も死ぬな」と。

北村　とにかく昔は、クーラーも何もなくて、本当に地獄でしたね。

宮部　そうでしたよね。昔はどうやってすごしていたんだろう。

　これは、芥川龍之介に対するほのかな友情と、彼を失ったことに対する非常に痛い悲しみが伝わってくる作品だと思います。すごく手強いお友達だったと思うんですよ。

理解しているようで理解できない。

北村　最後の最後で、人に心を許さないところがあったような人だと思います。

宮部　電車の中で、靴を脱いで、窓のほうを向いて座って、というシーン、かわいいです。そこへ芥川龍之介と奥さんが来て挨拶する。芥川が身体を捩るようにして笑ったというのは、いい景色だなと思いました。

この描写に、死別の悲しみが出ている。それまではどこへ収まるかわかりにくい話ですけどね。百閒先生の短篇は「どこへ連れていかれるのかしら」という話が多いですよね。

北村　「亀鳴くや」は、いかにも百閒らしい。それとこの後に入る伊藤人譽さんの作品の版元が「龜鳴屋」だという縁もありまして選ばせていただきました。

北村　里見弴の「**小坪の漁師**」。これは最晩年のエッセイ集に入っているのですが、小谷野敦先生が「これは私小説の傑作である」と仰っている。読んでみるとまさにその通りです。小谷野さんはアンソロジーに採る予定がないということでしたので、お断りしてここに収めさせていただきました。

宮部　最後は「そうだなア、格別そう話したいこともないから」って、聞き手に向かって語っているんですね。だからといってエッセイではない。やっぱり小説ですよね。

北村　面白いのは、老年の書き方。里見さんには「鶴亀」という短篇があって、これは五十くらいのときに老境について書いた作品なんですよ。こちらもよくできているけど、「小坪の漁師」を読んじゃうと、「作っているな」という感じがします。「小坪の漁師」は九十いくつぐらいに書いた作品ですから、「作られた老年」ではないんです。作る必要がない。

宮部　「半身不随の余得かね」とか、なんかこう、悠々としていますよね。

北村　もともと一人称の語りの名人ですからね。それが誠に内容と合っている。九十で書くということ自体が誠に珍しいわけですが、さらにこの時の流れの描き方が、その年齢でなければ書けないものになっている。優れた作品だと思います。

宮部　言葉の選び方も素晴らしいですね。鎌倉を、雨後の竹の子の如く、うようよと食い物屋が生えるとか。知らずに読んでも興味深いですけど、九十いくつで書いているというのは……。

北村　時の重みを書くにはこれだけの年齢になる必要があった。これを若くして書いてもね。

宮部　これを若くして書いちゃうと、才気で書いた作品になりますよね。

北村　自分が経ていない年代のことは、なかなか実感できないですからね。小学生が大学生活を書こうとしても、難しい。

宮部　まず書けないです（笑）。

北村　テレビなんかだと、概念で構わないけどね。小説家が出てきて「こんな作家、いるかよ」ってありますよね。

宮部　そうそう。それをツッコむのが楽しいんですよ。「この人、ゲラをいつ見ているんだろう」とか。やたらに出版記念パーティーがあったり。それと、出てくる文学賞が、スレスレの感じで嘘っぽい。「全日本ミステリー大賞」とか（笑）。

北村　久野豊彦さんは私と微妙に縁があるんです。父が慶應大学の予科にいた頃、

『葡萄園』という同人雑誌に入っていて、それを作ったのが久野豊彦です。

「**虎に化ける**」は、当時訳がわからないと言われた。飛んでいるんですよ。そこが一つの特徴です。この人は新興芸術派の代表選手の一人といわれています。

宮部　もてはやされたんですか。

北村　意外にも『新青年』に書いています。でもそっちのはわけがわかるんですよ。

宮部　あんまり飛んでいないんですね？

北村　いわゆる普通の「新青年調」の話になっちゃうんです。ありきたりでつまらない。そういうのもあるなかで、確かにこの作品は訳がわからない。まさに当時生まれた、古賀春江の前衛絵画などを連想させる。そういう意味で面白いと思います。紅い豆自転車に乗って、脚の長い不思議な女が出てくるとか。

古賀春江「海」　東京国立近代美術館所蔵

宮部　この女が、夫は虎を乗っ取って虎になったんだと言いますね。そこは納得がいくような気がしました。

北村　理由はつけられるでしょう。でもそれがすんなりとはいかない。

宮部　なんか変なんですよね。女の脚が妙に長いとか、「蜂は虎を無限に拡大したものであり」とか。飛脚の話も突飛だし、いろんなことがね。

北村　この時代の久野豊彦亜流の文章には、やたらに凝っただけのものもありますが、この久野豊彦自身の作品はさすがに独自の文体で、文体だけでも楽しめます。

宮部　ほんとに飛んでますよね、これ。生まれながらに寅年で、お母さんに虎の子のように溺愛されて、虎の子渡しが好きだった。だから虎になるって言われても困るけど面白い（笑）。

北村　久野豊彦は最近『ブロッケン山の妖魔』（工作舎）という短篇集が出ました。

宮部　「中村遊廓」は正直、昔の文士って贅沢だったんだな、豊かだったんだなということしか印象に残りませんでした。

北村　作中の現在と石田三成とが交錯してくるところ、面白くないですか？

宮部　ああ、なるほど。

北村　私がこれを読むきっかけになったのは、車谷弘さんの『銀座の柳』という本です。赤線の廃止で遊廓がなくなるから、『中村遊廓』の出版記念会を中村遊廓でやろうじゃないかというエピソードが出てきます。

宮部　眠れぬままに旅の覚書を書いたノートを広げていると、遊女が目を覚ましてそのノートを取り上げる。彼女は次第に真剣な目の色になって……。
北村　「今や退くべき道なし、多良街道をゆくべきか、いよいよ絶体絶命、烏頭坂、死すべきときにあらず」「伊吹は既に雪ふかく、石田、自殺の勇気なし」「ついに名古屋、九十三キロ、鈴鹿川、いづみ橋」ここで覚書のメモと現在が交錯して、ピタリとノートが閉じられる。ニヤッと笑って、「人間なんて、みんな同じものなのね、あたしも日記を書いているのよ」（笑）。
宮部　アハハ、そこがかわいいですよね。
北村　これは痺れちゃいましてね。関ヶ原の合戦の石田三成の敗戦の逃避行と、現代が重なり合っていって……。
宮部　そうか、そこを味わわなきゃいけなかったのか。
北村　これが小説なんですから「小坪の漁師」が小説というのも当たり前の話です。
宮部　この女性は、愚かだけどかわいいですね。愚かだけど悟《さと》ってますよね。「人間なんて、変わらないのね」というのが。
北村　時代小説だから面白い。「終戦」も、第二次世界大戦の終戦と思ったわけですよ。
宮部　京都の人が「前の戦争以来」と言って、いつの戦争かというと、応仁の乱というのと似てる感じ（笑）。
北村　「**穴の底**」は講談社の『現代の文学』という全集に入っています。これは花田清輝《きよてる》が絶賛して、世界に出せる傑作、翻訳して出したらみんなビックリするだろうと言った作品なんですよ。そのわりに知られていないでしょう？
宮部　もちろん知りませんでした。だからショックが大きかったです！　私はこの作品、読んでいるとき過呼吸になりそうなほど怖かった！　最初は実話なのかなと思って読んでいたんですよ。
穴に落ちたとき、切り取られたような青空が見えているじゃないですか。「えっ、どうしよう」という感じで落ちちゃったのに、青空がストーンと見える。非常に映像的です。それと、最初はあまり危険な感じがしない。出られそうな感じがしますよね。出られるだろうと思っていると、出られなくなって、でも、ず〜っと青空なんですよ。
北村　ここは、まさに小説ならではの世界という感じがします。現実にある穴というよりも、不思議な、抽象的な、伊藤人譽のあけた穴という感じです。
宮部　次から次へ間の悪いことが起こりますね。ピッケルだけ穴の外に置き去りになったり、足を挫いたり、次にはナイフがバラバラになっちゃったり。これは安部公房の『砂の女』に一脈通じる寓話なのだ、と。
北村　現代の作家が書くと、説明してしまいそうですね。なぜこんな穴があったのか。
宮部　たまたま何かの工事をしていたとか。
北村　アスレチックの施設を開発しようとして、頓挫して穴が残ったとかね。何ら説明がないところがいいです。それがまさに不条理なんだね。
宮部　ここで見る幻覚が細長いじゃないですか。そのフォルムが絵になっていますよね。気持ちの悪い絵という印象です。
北村　これは小説独自のものだと言ったけど、そうではあるけど、逆にこれを、映像作家がやっても、それはそれで面白いものができる感じもする。別なものとしてね。
宮部　映像的な小説なんですよ。こちらは活字でないと絶対出せない映像性なんですよね。映像畑の方が見ると、変な神経を刺激されるかもしれない。いままで思ってもみなかったボタンを押されるような。

宮部　「**落ちてくる！**」では最初、「ああ、夢を見ているのね」というように、看護婦さんが優しくなだめていますよね。ところが、実際に胸に落ちたような痕がついている。この辺りから、俄然恐くなります。これ、説明がつかないんですよ。本当に起きているのかどうかわからない。かわいそうだし、代わってあげることができない恐怖と言ったらいいのかな、本人にしかわからない。

北村　そうですね。

宮部　ホラー映画の監督さんの発言なんですが、映画は情報を共有することが恐いんですって。例えば、「あの日、あの場所に、黒い髪の女が立っている」のをAさんが見たとしますよね。Aさんは、もしかしたら幻覚かもしれないと思っている。ところが友達と話していたら、友達もそれを見たと。ここで情報が共有されることで初めて恐くなるのだそうです。映画ではそれが一つの法則なんですって。

　小説は逆ですね。このように、情報が共有できないから恐い。ある日突然、胸に痕がついている。でも、本当に落ちてきているのか、ずっとそういう幻覚を見ているので、老女の体が聖痕が出るみたいに反応してしまうのかわからない。「正解」がないんですよ。はっきり理に落ちない。しかも、このおばあさんが死んじゃって……。

北村　そう。最後の、切り返しが鮮やかですよね。

宮部　これもとても映像的です。ボールが落ちてくる。でも、それは孫にとっては楽しいことなんですね。パーン、パーンと、真新しいグローブで取れることが。

北村　視覚的な小説の素晴らしい例ですね。
　この人が芥川賞候補になったときに、手続きのミスで候補作が読まれなかったそうです。師匠の室生犀星《むろうさいせい》が芥川賞候補に推したそうなんですが、係りのほうでコピーを選考委員みんなに回さないで、数人しか読まなかった。結果として落選した。

宮部　ああ、もったいない。

北村　最近龜鳴屋という個人出版の版元から、この伊藤人譽さんの短篇集が二冊出ています。ご興味を持たれた方は是非ネットでチェックしてみてください。

北村　織田作之助は大好きな作家なんですが、ちくま文庫では『ちくま日本文学』の他にアンソロジーまで出ている。去年、岩波からも短篇集が出た。そこで、むくむくと対抗心が起こりましてね。ちくま文庫にも岩波文庫にも入っていないものをということで、まず三つを選びました。そこからひとつ、宮部さんに採ってもらおうと思ったのですが……。

宮部　いえいえ、これはどれも落とせないですよ。私は三つのうちで「**天衣無縫**」が一番好きですけれどね。最後まで奥様の一人語りで「あの人は私だけのものだ」とか、かわいいなあ！

北村　この三作はそれぞれ織田作らしい。

宮部　「らしい」んですか。タイトルもまさに人情話ですけど、何というか、ベタベタしていない人情の機微ですよね。

北村　それと、織田作の得意な、長い時間を一気に語っていくというスタイルがある。

宮部　「**探し人**」がまさにそうですね。

北村　その語り口が大好きなんです。
　織田作が評論のなかで語っているのですが、なぜ半生記を延々と情熱的に語っていくようになったのか、それはもともと劇作家を目指して戯曲を書いていたからだと。劇というのは、昔は、作品の舞台となる「時と場所」を変えられないものだったんです。一幕劇なんかは特にそうですね。だから反動で、長い長い時間のなかで、場所も変わっていくものを書きたいという欲求があったと自己分析しています。なるほど、そう言われると納得できるなと思いました。
宮部　でも、大河小説にはならないのが面白いですね。
北村　いわゆる大河小説的になるんじゃなくて、それを短篇の中で収めてしまう。
宮部　バッチリ収まっていますよね。「探し人」なんて、すごく長い年月ですけど。
継子と継母の話が出るじゃないですか。私が書こうと思ったら、これだけで原稿用紙三十枚ぐらい書くと思います。これがものすごい淡白に……。
北村　凝縮するんですよ。それで、端折ったとかそういう感じはしないんですね。
宮部　凝縮されていて、すごく上手い言い回しでピタッ、ピタッと書いていく。
北村　「人情噺」は気持ちのいい話ですね。
宮部　「人情噺」と、その次の「天衣無縫」はワンセットだと思ったんですよ。どちらも夫婦の話だから。
北村　この「人情噺」は、大阪弁が効いているね。
宮部　小説から聞こえてくる大阪弁のイントネーションが効いてますね。
「天衣無縫」も、語り口勝負ですよね。本当にどこから見ても風采のあがらぬ人って、そうそういるものじゃないと思うんですが、そう言いたくなる人はいるという（笑）。

北村　これも「夫婦善哉《めおとぜんざい》」タイプの作品です。要するに、ダメなヤツ。人がいいんじゃなくて、人が弱いのね。どんどんつけ込まれちゃう。いわゆる「織田作的人物像」といえます。

宮部　で、奥さんは強い。折檻《せっかん》する！

北村　折檻するんですよ。

宮部　「折檻」という言葉はおっかないし、少しエロティックなはずですけど、この折檻はかわいらしい。

北村　なんかね。誰だってそんなふうに眠ってしまう人をみれば、折檻したくなる。

宮部　織田作之助という作家をあまり知らない私は、折檻上手の作家だと思ってしまいそう（笑）。いやいやそれだけじゃありません、と。

北村　「天衣無縫」は、織田作的男と女の関係が非常によく出ている作品です。この三篇はいずれも、織田作之助の特徴が出ている作品だと思いますよね。

宮部　いやあ、私はすっかりファンになりました。なんてかわいい小説なんでしょう。どんな人だったのかなあ。意外とむずかしい顔をしてこんな作品を書いていたのだとしたら、それも「かわいい〜」と思ってしまいます。

（於　山の上ホテル　2010.9.28）

本書に収録した作品のテクストは左記のものを使用し、表記は新漢字・現代仮名遣いとしました。なお、今日の人権意識に照らして不適切と思われる表現が含まれていますが、時代的背景と作品の価値を考慮し、そのままとしました。

だめに向かって――『よくわからないねじ』（新潮文庫）
探さないでください――『よくわからないねじ』（新潮文庫）
吹いていく風のバラッド――『吹いていく風のバラッド』（角川文庫）
日曜日のホテルの電話――『明治大正昭和文學全集57』（春陽堂）
幸福な結婚――『明治大正昭和文學全集57』（春陽堂）
三人のウルトラ・マダム――『明治大正昭和文學全集57』（春陽堂）
剃刀日記――『剃刀日記』（目黒書店）
少年――『残照』（角川書店）
カルメン――『芥川龍之介全集6』（ちくま文庫）
イヅク川――『志賀直哉全集1』（岩波書店）
亀鳴くや――『内田百閒集成6』（ちくま文庫）
小坪の漁師――『私の一日』（中央公論社）
虎に化ける――『ブロッケン山の妖魔』（工作舎）
中村遊廓――『中村遊廓』（文藝春秋新社）
穴の底――『人譽幻談　幻の猫』（龜鳴屋）

落ちてくる！――『續人譽幻談　水の底』（龜鳴屋）
探し人――『織田作之助作品集１』（沖積舎）
人情噺――『織田作之助作品集１』（沖積舎）
天衣無縫――『織田作之助作品集１』（沖積舎）

本書は文庫オリジナル編集です。

現代語訳 舞姫　森鷗外　井上靖訳

古典となりつつある鷗外の名作を井上靖の現代語訳で読む。無理なく作品を味わうための語注・資料を付す。原文も掲載。監修＝山崎一穎

こころ　夏目漱石

友を死に追いやった「罪の意識」によって、ついには人間不信にいたる悲惨な心の暗部を描いた傑作。詳しく利用しやすい語注付。（小森陽一）

英語で読む 銀河鉄道の夜（対訳版）　宮沢賢治　ロジャー・パルバース訳

"Night On The Milky Way Train"（銀河鉄道の夜）賢治文学の名篇が香り高い訳で生まれかわる。文庫オリジナル。井上ひさし氏推薦。（高橋康也）

百人一首　鈴木日出男

王朝和歌の精髄、百人一首を第一人者が易しく解説。現代語訳、鑑賞、作者紹介、語句・技法を見開きにコンパクトにまとめた最良の入門書。

今昔物語　福永武彦訳

平安末期に成り、庶民の喜びと悲しみを今に伝える今昔物語。訳者自身が選んだ155篇の物語は名訳を得て、より身近に蘇る。（池上洵一）

私の「漱石」と「龍之介」　内田百閒

師・漱石を敬愛してやまない百閒が、おりにふれて綴った師の行動と面影とエピソード。さらに同門の友、芥川との交遊を収める。（武藤康史）

阿房列車 ——内田百閒集成1　内田百閒

「なんにも用事がないけれど、汽車に乗って大阪へ行って来ようと思う」。上質のユーモアに包まれた、紀行文学の傑作。（和田忠彦）

教科書で読む名作 夏の花ほか 戦争文学　原民喜ほか

表題作のほか、審判（武田泰淳）／夏の葬列（山川方夫）／夜（三木卓）など収録。高校国語教科書に準じた傍注や図版付き。併せて読みたい名評論も。

名短篇、ここにあり　北村薫　宮部みゆき編

読み巧者の二人の議論沸騰し、選びぬかれたお薦め小説12篇。となりの宇宙人／冷たい仕事／隠し芸の男／少女架刑／あしたの夕刊／網／誤訳ほか。

猫の文学館Ⅰ　和田博文編

寺田寅彦、内田百閒、太宰治、向田邦子……いつの時代も、作家たちは猫が大好きだった。猫の気まぐれに振り回されている猫好きに捧げる47篇!!

命売ります　三島由紀夫

自殺に失敗し、「命売ります。お好きな目的にお使い下さい」という突飛な広告を出した男のもとに、現われたのは？（種村季弘）

三島由紀夫レター教室　三島由紀夫

五人の登場人物が巻き起こす様々な出来事を手紙で綴る。恋の告白・借金の申し込み・見舞状等、一風変ったユニークな文例集。（群ようこ）

コーヒーと恋愛　獅子文六

恋愛は甘くてほろ苦い。とある男女が巻き起こす恋模様をコミカルに描く昭和の傑作が、現代の「東京」によみがえる。（曽我部恵一）

七時間半　獅子文六

東京―大阪間が七時間半かかっていた昭和30年代、特急「ちどり」を舞台に乗務員とお客たちのドタバタ劇を描く隠れた名作が遂に甦る。（千野帽子）

悦ちゃん　獅子文六

ちょっぴりおませな女の子、悦ちゃんがのんびり屋の父親の再婚話をめぐって東京中を奔走するユーモアと愛情に満ちた物語。初期の代表作。（窪美澄）

笛ふき天女　岩田幸子

旧藩主の息女に生まれ松方財閥に嫁ぎ、四十歳で作家獅子文六と再婚。夫、文六の想い出と天女のような純真さで爽やかに生きた女性の半生を語る。

青空娘　源氏鶏太

主人公の少女、有子が不遇な境遇から幾多の困難にぶつかりながらも健気にそれを乗り越え希望を手にする日本版シンデレラ・ストーリー。（山内マリコ）

最高殊勲夫人　源氏鶏太

野々宮杏子と三原三郎は家族から勝手な結婚話を迫られるも協力してそれを回避する。しかし徐々に惹かれ合うお互いの本当の気持ちは……。（千野帽子）

カレーライスの唄　阿川弘之

会社が倒産した！　どうしよう。美味しいカレーライスの店を始めよう。若い男女の恋と失業と起業の奮闘記。昭和娯楽小説の傑作。（平松洋子）

せどり男爵数奇譚　梶山季之

せどり＝掘り出し物の古書を安く買って高く転売することを業とすること。古書の世界に魅入られた人々を描く傑作ミステリー。（永江朗）

飛田ホテル　黒岩重吾

刑期を終えたやくざ者に起きた妻の失踪を追う表題作など、大阪のどん底で交わる男女の情と性。直木賞作家の傑作ミステリ短篇集。（難波利三）

あるフィルムの背景　結城昌治　日下三蔵編

普通の人間が起こす歪んだ事件、そこに至る絶望を描き、思いもよらない結末を鮮やかに提示する。昭和ミステリの名手、オリジナル短篇集。

赤い猫　仁木悦子　日下三蔵編

爽やかなユーモアと本格推理、そしてほろ苦さを少々。日本推理作家協会賞受賞の表題作ほか〈日本のクリスティー〉の魅力をたっぷり堪能できる傑作選。

兄のトランク　宮沢清六

兄・宮沢賢治の生と死をそのかたわらでみつめ、兄の死後も烈しい空襲や散佚から遺稿類を守りぬいてきた実弟が綴る、初のエッセイ集。

落穂拾い・犬の生活　小山清

明治の匂いの残る浅草に育ち、純粋無比の作品を遺して短い生涯を終えた小山清。いまなお新しい、清らかな祈りのような作品集。（三上延）

真鍋博のプラネタリウム　真鍋博　星新一

名コンビ真鍋博と星新一。二人の最初の作品『おーいでてこーい』他、星作品に描かれた挿絵と小説冒頭をまとめた幻の作品集。（真鍋真）

熊撃ち　吉村昭

人を襲う熊、熊をじっと狙う熊撃ち。大自然のなかで、実際に起きた七つの事件を題材に、孤独で忍耐強い熊撃ちの生きざまを描く。

川三部作
泥の河／螢川／道頓堀川　宮本輝

太宰賞「泥の河」、芥川賞「螢川」、そして「道頓堀川」と、川を背景に独自の抒情をこめて創出した、宮本文学の原点をなす三部作。

私小説 from left to right　水村美苗

12歳で渡米し滞在20年目を迎えた「美苗」。アメリカにも溶け込めず、今の日本にも違和感を覚え……。本邦初の横書きバイリンガル小説。

ラピスラズリ　山尾悠子

言葉の海が紡ぎだす、〈冬眠者〉と人形と、春の目覚めの物語。不世出の幻想小説家が20年の沈黙を破り発表した連作長篇。補筆改訂版。（千野帽子）

尾崎翠集成（上・下）　尾崎翠　中野翠 編

鮮烈な作品を残し、若き日に音信を絶った謎の作家・尾崎翠。時間と共に新たな輝きを加えてゆくその文学世界を集成する。

クラクラ日記　坂口三千代

戦後文壇を華やかに彩った無頼派の雄・坂口安吾との、嵐のような生活を妻の座から愛と悲しみをもって描く回想記。巻末エッセイ＝松本清張

貧乏サヴァラン　森茉莉　早川暢子 編

オムレット、ボルドオ風茸料理、野菜の牛酪煮……。食いしん坊茉莉は料理自慢。香り豊かな〝茉莉ことば〟で綴られる垂涎の食エッセイ。文庫オリジナル。

紅茶と薔薇の日々　森茉莉　早川茉莉 編

天皇陛下のお菓子に洋食店の味、庭に実る木苺……森鷗外の娘にして無類の食いしん坊、森茉莉が描く懐かしく愛おしい美味の世界。（辛酸なめ子）

ことばの食卓　武田百合子　野中ユリ・画

なにげない日常の光景やキャラメル、枇杷など、食べものに関する昔の記憶と思い出を感性豊かな文章で綴ったエッセイ集。（種村季弘）

遊覧日記　武田百合子　武田花・写真

行きたい所へ行きたい時に、つれづれに出かけてゆく。一人で。または二人で。あちらこちらを遊覧しながら綴ったエッセイ集。（巖谷國士）

わたしは驢馬に乗って下着をうりにゆきたい　鴨居羊子

新聞記者から下着デザイナーへ。斬新で夢のある下着を世に送り出し、下着ブームを巻き起こした女性起業家の悲喜こもごも。（近代ナリコ）

私はそうは思わない　佐野洋子

佐野洋子は過激だ。ふつうの人が思うようには思わない。大胆で意表をついたまっすぐな発言をする。だから読後が気持ちいい。（群ようこ）

神も仏もありませぬ　佐野洋子

還暦……もう人生おりたかった。でも春のきざしの蕗の薹に感動する自分がいる。意味なく生きても人は幸せなのだ。第3回小林秀雄賞受賞。（長嶋康郎）

老いの楽しみ　沢村貞子

八十歳を過ぎ、女優引退を決めた著者が、日々の思いを綴る。齢にさからわず、「なみ」に、気楽に、と過ごす時間に楽しみを見出す。（山崎洋子）

遠い朝の本たち　須賀敦子
一人の少女が成長する過程で出会い、愛しんだ文学作品の数々を、記憶に深く残る人びとの想い出とともに描くエッセイ。（末盛千枝子）

おいしいおはなし　高峰秀子編
向田邦子、幸田文、山田風太郎……著名人23人の美味な思い出。文学や芸術にも造詣が深かった往年の大女優・高峰秀子が厳選した珠玉のアンソロジー。

るきさん　高野文子
のんびりしていてマイペース、だけどどっかヘンテコな、るきさんの日常生活って？　独特な色使いが光るオールカラー。ポケットに一冊どうぞ。

それなりに生きている　群ようこ
日当たりの良い場所を目指して仲間を蹴落とすカメ、迷子札をつけているネコ、自己管理している犬。文庫化に際し、二篇を追加して贈る動物エッセイ。

うつくしく、やさしく、おろかなり　杉浦日向子
生きることを楽しもうとしていた江戸人たち。彼らの紡ぎ出した文化にとことん惚れ込んだ著者がその思いの丈を綴った最後のラブレター。（松田哲夫）

ねにもつタイプ　岸本佐知子
何となく気になることにこだわる、ねにもつ。思索、奇想、妄想はばたく脳内ワールドをリズミカルな名短文でつづる。第23回講談社エッセイ賞受賞。

回転ドアは、順番に　穂村弘　東直子
ある春の日に出会い、そして別れるまで。気鋭の歌人ふたりが、見つめ合い呼吸をはかりつつ投げ合う、スリリングな恋愛問答歌。（金原瑞人）

絶叫委員会　穂村弘
町には、偶然生まれては消えてゆく無数の詩が溢れている。不合理でナンセンスで真剣だからこそ可笑しい、天使的な言葉たちへの考察。（南伸坊）

杏のふむふむ　杏
連続テレビ小説「ごちそうさん」で国民的な女優となった杏が、それまでの人生を、人との出会いをテーマに描いたエッセイ集。（村上春樹）

月刊佐藤純子　佐藤ジュンコ
注目のイラストレーター（元書店員）のマンガエッセイが大増量してまさかの文庫化！　仙台の街や友人との日常を描く独特のゆるふわ感はクセになる！

吉行淳之介ベスト・エッセイ　吉行淳之介　荻原魚雷編
創作の秘密から、ダンディズムの条件まで。「文学」「男と女」「紳士」「人物」のテーマごとに厳選した、吉行淳之介の入門書にして決定版。（大竹聡）

田中小実昌ベスト・エッセイ　田中小実昌　大庭萱朗編
東大哲学科を中退し、バーテン、香具師などを転々とし、飄々とした作風とミステリー翻訳で知られるコミさんの厳選されたエッセイ集。（片岡義男）

山口瞳ベスト・エッセイ　小玉武編
サラリーマン処世術から飲食、幸福と死まで。——幅広い話題の中に普遍的な人間観察眼が光る山口瞳の豊饒なエッセイ世界を一冊に凝縮した決定版。

色川武大・阿佐田哲也ベスト・エッセイ　色川武大/阿佐田哲也　大庭萱朗編
二つの名前を持つ作家のベスト。文学論、落語からタモリまでの芸能論、ジャズ、作家たちとの交流も。もちろん阿佐田哲也名の博打論も収録。（木村紅美）

開高健ベスト・エッセイ　開高健　小玉武編
文学から食、ヴェトナム戦争まで——おそるべき博覧強記と行動力。「生きて、書いて、ぶつかった」開高健の広大な世界を凝縮したエッセイを精選。

中島らもエッセイ・コレクション　中島らも　小堀純編
小説家、戯曲家、ミュージシャンなど幅広い活躍で没後なお人気の中島らもの魅力を凝縮！　酒と文学とエンターテインメント。（いとうせいこう）

文房具56話　串田孫一
使う者の心をときめかせる文房具。どうすればこの小さな道具が創造力の源泉になりうるのか。文房具の想い出や新たな発見、工夫や悦びを語る。

ぼくは散歩と雑学がすき　植草甚一
1970年、遠かったアメリカ。その風俗、映画、本、音楽から政治までをフレッシュな感性と膨大な知識、貪欲な好奇心で描き出す代表エッセイ集。

快楽としてのミステリー　丸谷才一
ホームズ、007、マーロウ——探偵小説を愛読して半世紀、その楽しみを文芸批評とゴシップを駆使して自在に語る、文庫オリジナル。（三浦雅士）

超発明　真鍋博
昭和を代表する天才イラストレーターが、唯一無二のSF的想像力と未来的発想で〝夢のような発明品〟129例を描き出す幻の作品集。（川田十夢）

ねぼけ人生〈新装版〉 水木しげる

戦争で片腕を喪失、紙芝居・貸本漫画の時代と、波瀾万丈の人生を、楽天的に生きぬいてきた水木しげるの、面白くも哀しい半生記。（呉智英）

「下り坂」繁盛記 嵐山光三郎

人の一生は、「下り坂」をどう楽しむかにかかっている。真の喜びや快感は「下り坂」にあるのだ。あちこちにガタがきても、愉快な毎日が待っている。（新井信）

向田邦子との二十年 久世光彦

あの人は、あり過ぎるくらいあった始末におえない胸の中のものを誰にだって、一言も口にしない人だった。時を共有した二人の世界。（新井信）

旅に出る ゴトゴト揺られて本と酒 椎名誠

旅の読書は、漂流モノと無人島モノと一点こだわりガンコ本！ 本と旅とそれから派生していく自由な思いのつまったエッセイ集。（竹田聡一郎）

昭和三十年代の匂い 岡崎武志

テレビ購入、不二家、空地に土管、トロリーバス、くみとり便所、少年時代の昭和三十年代の記憶をたどる。巻末に岡田斗司夫氏との対談を収録。

本と怠け者 荻原魚雷

日々の暮らしと古本を語り、古書に独特の輝きを与えた「ちくま」好評連載「魚雷の眼」を、一冊にまとめた文庫オリジナルエッセイ集。（岡崎武志）

増補版 誤植読本 高橋輝次編著

本と誤植は切っても切れない!? 恥ずかしい打ち明け話や、校正をめぐるあれこれなど、作家たちが本音を語り出す。作品42篇収録。（堀江敏幸）

わたしの小さな古本屋 田中美穂

会社を辞めた日、古本屋になることを決めた。倉敷の空気、古書がつなぐ人の縁、店の生きものたち……。女性店主が綴る蟲文庫の日々。（早川義夫）

ぼくは本屋のおやじさん 早川義夫

22年間の書店としての苦労と、お客さんとの交流。どこにもありそうで、ない書店。30年来のロングセラー！（大槻ケンヂ）

たましいの場所 早川義夫

「恋をしていいのだ。今を歌っていくのだ」。心を揺るがす本質的な言葉。文庫用に最終章を追加。帯文＝宮藤官九郎 オマージュエッセイ＝七尾旅人

ちくま文庫

名短篇《めいたんぺん》ほりだしもの

二〇一一年一月十日　第一刷発行
二〇二〇年十一月五日　第五刷発行

編　者　北村薫（きたむら・かおる）
　　　　宮部みゆき（みやべ・みゆき）
発行者　喜入冬子
発行所　株式会社　筑摩書房
　　　　東京都台東区蔵前二―五―三　〒一一一―八七五五
　　　　電話番号　〇三―五六八七―二六〇一（代表）
装幀者　安野光雅
印刷所　星野精版印刷株式会社
製本所　株式会社積信堂

ISBN978-4-480-42793-9 C0193